KB131518

러시아의 시민들

러시아의 시민들

글·사진 백민석

차례

01   혼자 하는 여행은
          결국 마음과
                    함께하게 된다

» 체크아웃 리스트

혼자서 먼 거리를 여행하는 사람은, 둘이라면 하지 않을
행동을 하게 마련이다. 예를 들면 체크아웃 리스트. 다른
도시로 가기 위해 호텔에서 짐을 쌀 때 나는 휴대폰에
작성해 놓은 체크아웃 리스트를 보고 빠뜨린 짐은 없는지
확인한다. 칫솔, 치약, 면도기, 충전기 두 개, 영양제, 시계,
MP3 플레이어, 보조 배터리, 가이드북, 슬리퍼……
잃어버려서 아쉬울 것은 가이드북밖엔 없지만, 호텔 방
안에 두고 나오면 마음에 동요 정도는 일으키는 물건들이다.
체크아웃 리스트는 누가 가르쳐 준 것이 아니다. 어느
호텔에서는 볼펜을, 어느 호텔에서는 물병을 두고 나와서
막막한 기분이 되어 봤던 내가 어느 날 나 자신을 나무라던
끝에 발명한 것이다. 나는 이제 객실을 마지막으로 나서기
직전 멈춰서 체크아웃 리스트를 들여다본다.
동행이 있었다면 체크아웃 리스트는 작성하지 않았을
것이다. 체크아웃 리스트는 혼자 여행하는 사람을 위한
리스트다. 동행이 있다면 그가 리스트가 되어 줄 테니까.
「노트북은 챙겼어?」
「안경집은?」
「장갑은?」
「손이 시릴 텐데.」

「슬리퍼는 왜 만날 빠뜨려?」

그러고는 뭔가 큰 실수를 저지를 뻔했다는 듯, 저녁에 빨아
창틀에 걸어 놓았던 러닝셔츠를 걷어 온다. 동행이 있는
여행엔 서로가 서로에 대해, 체크아웃 리스트 역할을 한다.
동행의 그보다 더 소중한 역할은 용서를 해주는 것이다.
충전기 하나쯤 호텔에 두고 나왔다고 해서 낯빛을 어둡게
하고 있을 이유는 없다. 동행은 〈괜찮아, 그까짓 충전기쯤!〉
하고 용서를 해줄 것이고, 잃어버린 나는 금세
잃어버렸다는 사실조차 잊어버릴 것이다.

» 여행을 할 것인가 관광을 할 것인가

나는 여행자라는 말을 너무 대충 갖다 쓰고 있는지도
모른다. 혼자 장거리를 여행한다고 해서 그 사람이 곧
정확한 의미에서 여행자인 것은 아니다. 대니얼 부어스틴의
『이미지와 환상』에 따르면 나는 여행자보다는 관광객에
가깝다. 《여행 *travel*》이란 원래 《문제》, 《일》, 《고뇌》를
뜻하는 고통, 즉 《트라베일 *travail*》이란 단어에서 유래〉한
말이다. 그러므로 여행자란 뭔가 〈노동이 필요하고 골치
아픈 일을 하는〉 사람이었다. 여행자에겐 능동성이 있다.
하지만 18세기 미국에서 관광객 *sightseer* 이 나타난다. 미국
사전에서 이 단어는 〈특히 즐기기 위한 여행을 하는
사람〉[1]으로 정의되어 있다. 정해진 코스, 예약된 숙소,
편리한 교통편, 유명한 식당까지 미리 정해진 곳을 간다.
가이드가 인솔하며 안전이 보장된다. 이렇듯 관광객은
구경거리를 보러 다니는 사람으로 수동적이다. 현대인들이
즐기는 여행의 대부분은 관광에 가깝다.
사실 관광객이란 말은 그리 좋게만 들리지 않는다. 그래서
우리는 자발성, 독립성, 능동성 같은 뉘앙스가 포함된
여행자로 자신을 부르고 싶은 것인지도 모른다. 롤랑
바르트도 『현대의 신화』에서 관광객이 그리 훌륭한 신분이
아니라고 말한다.

혼자 하는 여행은 결국 마음과 함께하게 된다

관광객이라는 신분은 여기에서 훌륭한 알리바이다. 왜냐하면 관광객이라는 신분 덕택으로 우리는 이해하지 않고 바라볼 수 있고, 정치적 현실에 관심을 갖지 않고 여행할 수 있기 때문이다.[2]

나는 관광객일까 여행자일까. 일이 없지도 않지만, 많은 것도 아니니 애매하다. 나는 정해진 관광 코스만 따라 다니는 관광객은 아니다. 가이드북은 꼭 필요한 경우가 아니면 펼쳐 보지 않으려고 한다. 그렇다고 〈문제〉나 〈고뇌〉가 있는 것도 아니니 꼭 본래 의미에서의 여행이라고도 할 수 없다.
애매하다. 나는 나름 여행자가 되어 보려고 애쓰고 있지만 기껏해야, 다른 관광객들에게 잘 알려지지 않은 볼거리를 찾아내는 일 정도를 할 수 있을 뿐이다. 하지만 그러기도 쉽지 않다. 나도 관광객이다. 나도 내 여행의 한계를 잘 알고 있으므로, 관광객이라고 불려도 불만은 없다.

혼자 하는 여행은 결국 마음과 함께하게 된다

» 나는 지금 여행 에세이를 쓰고 있어요

대니얼 부어스틴에 따르면 여행에서 관광으로의 변화는
기행문의 작법에도 반영된다. 기행문은 19세기 중반에
들어와서 여행지에 대한 정보의 나열이 아니라 〈개인적인
《반응》의 기록〉이 되었다. 기행문에 〈관광객들이 유일하게
기록할 만한 것(은……) 관광지에 대한 본인의
느낌뿐〉[3]이다.
지금도 서점에 가면 가이드북과 여행 에세이가 따로
분류되어 있다. 이런 흐름이 시작된 게 2백여 년
전이다(그러니 여행 에세이에 관광지 교통편이나 맛집
소개가 나오지 않는다고 불평할 일은 아니다).
기행문의 변화에 결정적인 영향을 끼친 책이 괴테의
『이탈리아 기행』이었다. 이 기행문은 당시 유럽인들에게
엄청난 사랑을 받았고, 당시만 해도 관광의 변방이었던
이탈리아를 유럽 관광의 중심으로 만들었다. 이 책에는
로마의 어느 거리엔 어떤 맛집이 있고, 피렌체의 어느
거리엔 어떤 분위기 좋은 술집이 있다는 소개는 나오지
않는다. 정보는 없다. 하지만 괴테가 사랑했던 19세기
초반의 이탈리아가 책 전반에 생생히 살아 숨 쉰다.
여행 에세이와 가이드북을 책 한 권에 담는 건
물리적으로도 어렵다. 왜냐하면 책이 너무 두꺼워져서 들고

다닐 수 없는 무게가 될 것이기 때문이다. 하지만
전자책이라면 분량에 구애받지 않을 수 있다. 여행
에세이와 가이드북이 합본된 전자책이 나오길 기대해 본다.

» 혼자 하는 여행은 결국 마음과 함께하게 된다

혼자 러시아로 떠나오면서 나는 여러 도시를 둘러볼 수
있게 일정을 짰다. 시베리아 횡단 열차를 예매할 때도 중간
기착지들에 내려 하루 이틀씩 묵도록 일정을 끊어서 짰다.
그 기착지들은 가이드북에 길어야 한두 페이지로 언급만
하고 지나가는, 러시아 내국인만의 도시들이다.
시베리아 여정의 두 번째 도시인 옴스크는 도스토옙스키가
유형 생활을 했던 곳이다.『죄와 벌』에서 로쟈가 살인을
고백하고 징역을 사는 곳으로 나오기도 한다. 로쟈는
소냐와 이런 대화를 나눈다. 「만약 〈혼자〉 남게 된다면
당신도 나처럼 미쳐 버리게 될 거야. (……) 그러니 우리는
같은 길을 가야 해! 그러니 함께 갑시다!」[4]
하지만 인생이든 여행이든 동행을 얻는 일은 어렵다.
그래서 혼자 여행을 다니는 사람은 결국 자기 마음과 함께
다니게 된다. 둘이서 다닐 때는 상대를 챙기느라 종종 잊곤
하는 자기 마음을 혼자 다니는 여행에서 비로소 챙기게
된다. 여럿이 다닐 때 생겨나는 서열과 위계에서도 풀려나
비로소 자기 마음을 돌아보게 된다.
혼자 여행하는 나는 잘못을 고백하고 용서를 구할 상대도
없다. 그래서 나는 나 자신에게 잘못을 고백하고 용서를
구하게 된다. 그렇게 겨우 자신에게 너그러워지는 법을,

자신을 용서하는 일을 익히게 된다.

혼자 장거리 여행을 하는 사람이 행복할 수 있다면 이런

이유에서이다. 자기 마음과 다니는 사람은 결국 외로움까지

용서하고 받아들이게 된다.

혼자 하는 여행은 결국 마음과 함께하게 된다

» 나라의 바깥으로

공항에서 탑승권을 끊고 출국장으로 나가면 그곳은 이미
한국이 아니다. 나는 벤치에 앉아 배낭을 내려놓고 휴대폰
충전기와 『아Q정전』과 MP3 플레이어를 꺼내 놓는다.
출국장엔 승객이 별로 없다. 새벽 출발이고 모스크바는
그리 관광객들이 몰리는 여행지가 아니니까.
밤 11시 반, 나는 출국장 창밖의 활주로를 본다. 백색광
사이사이 오줌 빛깔의 빛점들이 흩날린다. 활주로는 인천
땅에 있지만 이곳은 국외다. 나는 9월 1일 새벽에 비행기에
오르지만, 출국장에 발을 들여놓은 8월 31일 밤에 나라를
떠난 것이 된다.
러시아는 초행이지만 설렘도 걱정도 없다. 아까 잠깐
일어나 출국장을 돌아다니다 작은 무대를 봤다. 그랜드
피아노가 있었다. 중국 말을 쓰는 젊은 남녀가 번갈아
피아노 앞에 앉아 연주를 했다. 머잖아 비행기가 왔고 나는
무심하고 무감각한 마음으로 나라를 떠났다.

» 단정한 남자들과 들뜬 관광객들의 도시

모스크바와 상트페테르부르크는 고속 열차로 네 시간
거리밖엔 떨어져 있지 않지만, 인상은 사뭇 다르다.
러시아의 수도는 모스크바이지만 거리의 인파만을 보면
상트페테르부르크가 훨씬 북적인다.
상트페테르부르크에 도착해 센노이 광장에서 내렸을 때,
찬비가 부슬부슬 내리는 광장에서 인파에 떠밀리며
나는 비로소 러시아의 대도시에 온 기분이 들었다.
9월의 모스크바는 한가했다. 뭐랄까, 모스크바 하면……
서류를 잔뜩 쌓아 놓은 책상 앞에서 분주한, 흰 셔츠 차림의
사무직들이 떠오른다. 그 도시의 점잖은 남성들은 대개
머리를 삭발에 가깝게 짧게 자르거나, 아주 단정하게
가르마를 타서 빗고 다닌다. 모스크바는 단정한 남성들의
도시다.
반면 상트페테르부르크는 뭐든 분방하다. 딱히 하나로
규정지을 수 없다. 심지어 거리에서 주정뱅이를 볼 수도
있다(노상의 주정뱅이는 러시아의 다른 도시에서는 본 적이
없다). 이 도시는 되는 대로 흘러 다니는 관광객들의 도시다.
서울과도 닮았다. 비싸고 시끄럽고 지저분하고, 들뜬
활력이 넘실댄다.
상트페테르부르크는 운하가 많아 북유럽의 베네치아라고도

상트페테르부르크

불린다. 저녁 산책을 다니는데 황혼 녘의 운하를 배경으로
두 연인이 부서져라 껴안고 있었다. 사진을 찍어도
되느냐고 묻자 더 세게 껴안았다.

» 추운 나라의 웨딩 촬영

이날은 이삭 성당까지 와서는 해가 없어 전망대 구경을
포기한 날이었다. 그때 성당 앞 잔디밭에서 웨딩 촬영을
하는 신랑 신부가 눈에 띄었다. 둘이 잔디밭 한가운데를
행복하게 누비고 있었다.
신부는 내가 사진을 찍어도 되느냐고 묻기 전부터 저렇게
웃고 있었다. 나는 산울타리의 장미꽃이 신부와 함께
나오도록 사진을 찍었다. 하지만 어떤 꽃도 신부만큼
아름다울 수는 없었다. 나는 신부의 손에 부케가 들려
있는지도 몰랐다.
긴 여행길의 초반에 이들의 웨딩 촬영과 마주친 건 내
행운이었다. 낯선 나라에서 보낼 시간이 그리 나쁘지 않을
수도 있다는 전조였으니까.

상트페테르부르크

아침 일찍 호텔을 나와 페트로파블롭스크 요새로 가던 길에
멀리서 저 가판대를 봤다. 횡단보도 건너편에서 바부슈카를
머리에 두른 할머니가 박스를 뜯어 과일을 옮기고 있었다.
나는 홀린 사람처럼 횡단보도를 잰걸음으로 건너갔다.
지금 보니 이 사진엔 내가 러시아에 오며 기대하는 줄도
모르고 기대했던 것들이 한가득 들어 있다. 관광객 따윈
아무래도 좋은 무심한 할머니, 나무판자로 대충 엮은
가판대, 단정하게 머리카락을 잡아 주는 러시아 스카프인
바부슈카, 서늘한 북유럽의 공기, 이국적인 과일들…….
나는 과즙이 가득한 멜론을 무척 좋아한다.
상트페테르부르크의 찬 공기와 잘 어울리는 이 찬 과일을
먹으려고 작은 과도까지 샀다.

» 호텔에 짐을 풀고 내가 제일 먼저 하는 일

호텔에 짐을 풀고 나는 먼저 주변을 돌아다닌다.
슈퍼마켓은 어디 있고, 지하철역은 얼마나 떨어져 있고…….
이날도 느지막이 호텔을 나와 부근의 센노이 시장을
돌아보다가 운하들을 가로질러 궁전 광장까지 갔다.
에미르타주 박물관이 어디쯤 있는지 알아 두고 싶었을지
모른다. 마침 러시아 군대의 열병식이 있었다.
관광객들이 몰려들어 열병식을 구경하는 동안 아무 무장도
하지 않은 젊은 군인 하나가 자리를 지키고 있었다. 모자는
삐뚤어졌고 군복도 흐트러져 있었다. 냉전 시대의 얼음장
같은 규율과 삼엄함 대신에, 신이 난 관광객들을
상대하느라 지치고 짜증 난 군인의 뿌루퉁한 표정이 카메라
앵글에 들어왔다. 냉전은 30년 전에 저 젊은이가
태어나기도 전에 끝났고, 내 머릿속에서나 아직도 서슬이
퍼렇다.

상트페테르부르크

미술관은 사람의 뒷모습을 관찰하기에 좋은 곳이다. 특별한
날이 아니면 붐비지 않고 전시실에는 보통 벤치가 있으므로,
작품을 감상하는 이들의 뒷모습을 편히 앉아서 살펴볼 수
있다. 작품에 골똘해 있을 때의 내 뒷모습도 궁금하다.
일상의 타성에서 삐져나와 예술에 빠져드는 시간, 평소와
다르게 생각의 근육을 작동시키는 순간의 내 뒷모습은?
마음에서 이는 파문을 작품을 통해 거꾸로 들여다보는
순간의 내 뒷모습은?
자신의 뒷모습은 다른 사람의 뒷모습을 통해 유추해 볼 수
있다. 미술 작품에 골몰해 있는 사람들의 뒷모습은 작품
못지않게 흥미롭고 재미있다. 뒷모습은 앞모습 못지않게
다양하다. 진지한 사고를 할 때마다 엉덩이를 뒤로 비죽이
빼는 버릇이 있는 사람들도 있다. 뒷모습은 엉덩이가 달려
있어 때론 저급하게 취급되기도 하지만, 미술관에서만큼은
세련되고 지적이며 아름답게 보인다.

» 푸시킨, 푸시킨, 또 푸시킨

광화문 광장의 세종대왕과 이순신 동상만 봐도 알 수
있듯이, 위인들의 동상은 어느 나라나 비슷하게 정치인이나
군인들이다. 박정희 전 대통령의 동상을 세우자는 말이
나왔을 때도 시민 사회는 그가 독재자였기 때문에 동상
건립을 반대했지, 이제 그놈의 정치인 동상은 그만
세우자고 반대한 것이 아니었다.
러시아는 어떨까. 러시아는 세계 최초로 사회주의 혁명을
이룬 나라였고 20세기 내내 냉전의 한 축이었다. 러시아는
20세기의 가장 정치적인 나라였다. 톨스토이와
도스토옙스키와 차이콥스키 같은 예술가들의 러시아는
19세기의 러시아였다. 20세기로 넘어오면 혁명, 전쟁,
프롤레타리아 독재, 공산당 같은 단어들과 함께 레닌이나
트로츠키, 스탈린 같은 정치인들이 전면에 나선다.
그렇다면 러시아 어딜 가나 레닌과 스탈린의 동상이 있어야
할까. 만약 그랬다면 나는 러시아에 대해 가질 수 있었던
훌륭한 인상 하나를 잃어버렸을 것이다.
내가 러시아에서 가장 많이 만났던 동상은 정치인이 아니라
시인 푸시킨의 동상이었다. 〈삶이 그대를 속일지라도
슬퍼하거나 노여워하지 말라〉라는 시구로 우리에게도
친숙한 그의 동상은 내가 가본 거의 모든 도시에서 하나

이상을 만나 볼 수 있었다. 특히 상트페테르부르크 거리를
걷다 보면 푸시킨의 동상을 자주 만나게 된다. 공원, 광장,
지하철역 곳곳에 그의 동상이 세워져 있고 꽃다발이 동상의
발치에 놓여 있다. 그가 다녔던 학교, 그가 차를 마시던
카페까지 유적으로 보존되어 있다.

심지어 푸시킨이 권총으로 결투를 벌였던 장소에도
기념비가 세워져 있고, (아마도) 총을 맞고 집으로 돌아가기
위해 기차를 기다리며 앉아 있던 벤치까지 기념물로 만들어
놓았다. 나로서는 푸시킨의 시가 어째서 그토록
러시아인들의 사랑을 받는지 이해하기 쉽지 않다. 아마
우리의 김소월처럼, 외국어로는 절대 번역할 수 없는 어떤
마력이 그의 러시아어 시에 있는 듯하다. 러시아에 온 첫날,
거리낌 없이 함박 미소를 지어 주어 날 깜짝 놀라게 했던
러시아인들을 떠올려 보면, 예술가의 동상과 서정성 풍부한
시가 더없이 어울리는 사람들이라는 생각이 들기도 한다.

상트페테르부르크

오랜 시간 사회주의 국가였으면서도 러시아에서는 종교가
살아남았다. 서양에서 기독교를 처음 국교로 받아들였던
로마만큼이나 상트페테르부르크나 모스크바에도 많은
성당이 있다. 예배 시간에 성당에 모이는 신도의 수는
로마의 성당들보다 많다.

사진은 상트페테르부르크의 카잔 성당에서 찍은 것이다.
이날은 러시아에 온 지 나흘밖에 되지 않았고, 아마 처음
러시아 정교회의 성당에 들어가 본 날이었을 것이다. 성당
안에 꽤 많은 사람이 모여 있었다. 예배 시간이 아니었기에
그처럼 많은 사람이 성당에 모여 성상에 입을 맞추기 위해
줄을 선다는 사실이 놀라웠다. 러시아 정교회는 예배당
곳곳에 많게는 수십 개의 성상이 세워져 있고 성상들마다
신도들이 줄을 선다.

신도들은 하나같이 진지하게 예배에 몰두해 있는
표정들이었다. 그들의 시선은 주변은 아랑곳없이 오직
성상만을 향하고 있었다. 카메라 셔터 소리가 나도 시선을
돌리지 않았다. 그들의 몸짓은 마치 눈앞에 그들의 신이 서
있는 듯이 경건했다. 아마 누구라도, 예배당에서의 그들의
시선과 몸짓을 본다면 그들이 신을 정말로 믿고 있다는
생각을 하게 될 것이다.

러시아인들에게 종교란 뭘까. 스베틀라나 알렉시예비치의
『세컨드핸드 타임』에는 소비에트 시절 감금과 고문을
견뎌야 했던 한 지식인의 진술이 나온다.

> 한번은 이런 생각을 했어. 사회주의가 죽음의 문제나
> 노화의 문제를 해결해 주지 못한다는 생각, 인생의
> 형이상학적인 의미도…… 모든 것은 스쳐 지나가기
> 마련이야. 종교에만 이 문제들에 대한 답이 있더라고.
> 아이고, 1937년도에는 이런 얘기를 했다는
> 것만으로도…….[5]

종교 이야기를 꺼내기만 해도 고초를 치를 수 있었던
시절이 러시아에 있었다. 하지만 러시아 정교회는 그런
시절을 이겨 내고 살아남았다. 많은 나라에서 가톨릭은
세속적 가치에 밀려 신도를 잃었다. 하지만 러시아
정교회의 예배당은 주말이면 신도들로 발 디딜 틈이 없다.
러시아인들은 성당에 들어올 때, 바깥에 서서 한 번 성호를
긋고 예배당 문 앞에 서서 또 한 번 성호를 긋고, 안에
들어서서 다시 긋는다. 예배당을 나설 때에도 똑같이
반복한다. 성호를 그을 때 그들의 표정을 보면 종교가 그들
삶에서 어떤 지위에 있는지 어렴풋이 깨닫게 된다.
나는 종교도 없고 신을 믿어 본 적도 없으므로, 신심을 가진

사람들을 이해하지는 못한다. 하지만 어떤 종교든,
신도들이 자기 신 앞에서 행하는 진실한 표정과 행동은
경의를 갖고 바라보려고 노력한다. 그런 표정과 행동,
몸짓들은 오로지 자기 신만을 향한 것이기에, 그들은
과장할 필요도 연기할 필요도 없다. 그들은 결코 신이
자리하지 않은 옆으로는 시선을 돌리지 않는다.

» 영혼을 쉬러 오는 곳

러시아에서는 이따금, 성당에서 가만가만 말을 걸어오는
사람들을 만난다. 현지인들과의 친밀한 만남이 꼭 카페나
술집에서만 가능한 것은 아니다. 한번은 예배당 의자에
앉아 있는데 낡고 허술한 옷차림의 한 남자가 다가왔다.
수염도 깎지 않았고 머리는 덥수룩했다. 술주정뱅이인가
했는데 술 냄새는 나지 않았다. 그는 러시아어로 속삭이듯
말을 걸었다. 내가 러시아어를 알지 못해 대화는 이어지지
않았지만, 그는 제자리로 돌아가서도 몇 번이나 나를
돌아보며 부드러운 미소를 지었다. 이런 일들을 몇 번 겪다
보면 그들이 진심으로 내게 말을 걸고 있다는 사실을 알게
된다.
러시아의 성당은 복장 규정이 있어 우리보다 출입이
까다롭지만 겉보기만큼 엄숙한 곳이 아닐지도 모른다.
어른에게나 아이에게나 뭐랄까, 잠시 들러 영혼을 쉬게
하는 곳 같다는 느낌이다.

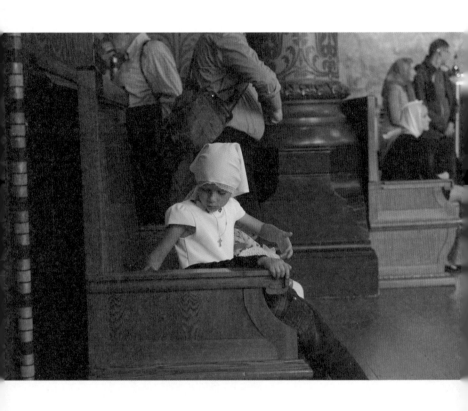

궁전 광장은 언제 가도 볼거리가 있는 곳이다. 높이가
50미터나 되는 전승 기념비 말고는 광장은 탁 트여 있고
관광객들로 늦은 밤까지 붐빈다.
복작대는 시내에서 느닷없이 시야가 활짝 열리는 체험을
하고 싶다면 아침 10시쯤에 궁전 광장에 가면 된다. 그
시간의 광장은 물청소를 했는지 살짝 젖어 물기로 반짝이고,
휴지 한 장 떨어져 있지 않다. 지나는 사람들이라곤 박물관
입구에 줄 선 관광객들과 광장을 둘러싼 관공서에 늦은
시간 출근하는 직원들뿐이다. 사진처럼 광장은
에메랄드빛을 띤다. 가이드 하는 말을 얼핏 들으니,
상트페테르부르크를 대표하는 상징 색이 에메랄드의
청회색이라고.
낮엔 언제 가도 행사가 있고 인파로 붐빈다.
페트로파블롭스크 요새를 둘러보고 온 날에는, 광장
동쪽에서 〈메시지 투 맨Message to Man〉이라는 국제 단편
영화제의 개막식이 열리고 있었다. 버스킹도 광장 곳곳에서
펼쳐지고, 동화에 나오는 호박 마차 같은 화사한 마차가
손님들을 태우고 광장을 한 바퀴씩 돌기도 한다. 옛 귀족
복장을 한 훤칠한 모델들이 관광객들을 붙잡고 사진 찍기를
권하기도 한다.

나한테 즐거운 볼거리는 다른 관광객들이다. 관광객들은
집에 가져갈 궁전 광장에서의 한순간을 위해, 다른
공공장소에서는 절대 하지 않을 표정을 짓고 포즈를 취한다.
남들이 쳐다보든 말든 아랑곳없다. 주저앉고 껴안고 뛰고
소리를 지르고, 더할 나위 없이 사이가 좋은 사람들처럼
나란히 선다. 광장에 있는 동안만큼은 정말, 좋은 부모이고
사랑스런 연인이고 착한 자식이고 둘도 없는 친구 사이다.

사진처럼 광장은 에메랄드빛을 띤다.
가이드 하는 말을 얼핏 들으니,
상트페테르부르크를 대표하는 상징 색이
에메랄드의 청회색이라고.

궁전 광장은 에미르타주 박물관 때문에라도 가게 된다.
박물관은 18세기에 지어진 겨울 궁전을 개조한 구관과
19세기에 지어진 신관으로 나뉘어 있는데, 둘 다 궁전
광장에 있다. 나는 처음엔 궁전을 개조했다고 해서
프랑스의 베르사유 궁전을 떠올리고는, 그렇다면
한나절이면 다 보겠네, 하고 안심하고 들어갔다가 낭패를
봤다. 구관의 반도 볼 수 없었다.
루브르 박물관이나 대영 박물관과는 달리, 에미르타주
박물관의 소장품들은 대개 기증품이거나 돈을 주고 사온
것들이라고 한다. 박물관이 워낙 넓고 소장품이 많아
하루에 다 보는 것이 불가능하다. 그래서 나는 야간 개장
하는 날 한 번 더 갔다. 관람 팁은,

1. 소장품을 다 보려면 인터넷 홈페이지에서 2일권을
구매하고 그중 하루는 야간 개장일에 맞춘다.
2. 하루 만에 보려면 야간 개장일 아침에 가서, 줄을 안 서는
신관에서 표를 사고 신관부터 바람의 속도로 유명한
작품들만 훑는다.
3. 방문 첫날 나는 박물관에서 길을 잃었다. 박물관으로
지어진 건물이 아니라 궁전을 개조한 곳이므로, 21세기

외국인 관광객의 편의는 애초에 고려 대상이 아니었다. 몇 번 길을 잃다가 마침 볼펜이 있어서 입장할 때 받은 박물관 지도에 지나온 방을 표시하면서 다녔다. 러시아의 박물관과 미술관들은 대개 궁전이나 귀족의 저택을 개조한 곳들이라 길을 잃기 십상이고 볼펜과 지도가 필수품이다.

　　　　　　상트페테르부르크

» 앙리 마티스의 글씨체

신관의 첫 번째 전시실에서는 세계적인 화가들이 삽화를
그린 책들을 전시하고 있었다. 마르크 샤갈이 삽화를 그린
성경이나, 살바도르 달리의 약간 섬뜩한 초현실적인 삽화가
들어간 책이나, 막스 에른스트의 그림들로 구성된 콜라주
소설들이 인상적이었다.

그중에 앙리 마티스의 책도 있었는데, 글씨체와 그림체가
똑같아서 깜짝 놀랐다. 마티스의 그림에서 느껴지는
율동하는 곡선의 리듬감이 그의 글씨체에서도 똑같이
느껴졌던 것이다. 나는 이날 전까지 마티스를 그다지
좋아하지 않았다. 그의 그림들은 내가 보기에 깊은 맛이
없고 색감은 촌스러웠다. 유행을 따라한 것 같기도 했다.
하지만 마티스의 글씨체가 그림체와 똑같다는 사실을
목격한 그 순간, 예술이란 정말 이런 존재구나 깨달았고
충격을 받았다. 마티스의 글씨와 그림은 그냥 그
자신이었다. 그의 전 존재가 투영된 것이 그의 글씨고
그림이었다.

상트페테르부르크

» 비 오는 페테르고프

상트페테르부르크에서 아침 기차를 타고 페테르고프에
내렸을 때는 비가 왔다. 후드득후드득, 빗줄기가 우산을
때리는 소리가 요란했다. 추웠고(북유럽인 이곳의 9월 중순
추위는 남유럽인 이탈리아 로마의 11월 중순 추위쯤 된다는
사실을 그때 알았다), 배낭은 무겁고(카메라와 태블릿 PC의
무게만 3킬로그램), 캐리어 가방도 읽으려고 가져온 종이
책들로 가득했다.

나는 기차역을 나와 호텔로 가기 위해 정류장에서 서둘러
버스를 탔다. 그러고는 몇 정거장을 지나서야 반대
방향으로 가는 버스에 탔다는 사실을 알았다.

러시아의 버스에는 안내원이 있다. 영어는 모르지만 구글
맵으로 목적지를 보여 주면 친절하게 내릴 곳을 가르쳐
준다. 구글 맵은 러시아의 시골에서도 통하는 만국어다.
안내원과 내가 버스 안을 떠들썩하게 만드는 동안,
우산에서 떨어진 빗방울들이 사방에 튀고 캐리어 가방은
버스 안을 굴러다니고……. 한 젊은이가 소동에
뛰어들어서는 영어로 호텔 가는 길을 일러 주었다.

페테르고프나 푸시킨 같은 상트페테르부르크의 근교
도시들은, 서울 근교의 일산이나 분당하고는 풍경부터가
다르다. 빗속에서 젖어 가며 나는, 페테르고프 기차역을

둘러싼 짙고 깊은 녹음을 넋 놓고 바라봤다. 버스 방향을
헷갈린 것도 아마 그 비 젖은 풍경에 정신을 판 탓일 것이다.
한국에서는 볼 수 없는 침엽수림이 빽빽하게 둘러쳐져 있고,
평지에도 제대로 깎지 않은 풀들이 무질서하게 자라나
있었다. 알록달록한 러시아어 간판을 단 단층 상가
건물들이 그 풀밭 위로 산만하게 흩어져 있었다.
참 멀리까지 왔다, 하고 나는 생각했다. 혼자 먼 거리를
다니는 여행자는 상념에 잠길 시간이 많다. 정말로 혼자
여행을 다니는 사람은, 왜 혼자 여행을 다니느냐고 묻는
사람도 없는 사람이다. 정말로 외로운 사람이 왜 외롭게
있느냐고 묻는 사람도 없는 사람이듯이. 버스를 잘못 타고
찬비를 맞으면서도, 처음 보는 숲의 풍경에 마음을 뺏길
만큼 시간이 남아돈다.

구글 맵에서는 보통 공원 같은 녹지가 초록색으로 표시된다.
하지만 러시아에서는 회색으로 표시된 부분들도 가보면
녹지인 경우가 많다. 시민 공원의 성공작으로 흔히 뉴욕
맨해튼의 센트럴 파크를 꼽지만 러시아의 시민 공원도 그
못지않다.

상트페테르부르크 근교 도시인 푸시킨(맞다, 시인 푸시킨의
이름을 딴 도시다)에는 예카테리나 궁전이 있다.
에미르타주 박물관을 연 예카테리나 황제의 궁전이다.
궁전에는 공원이 딸려 있는데 사진을 찍으며 한 바퀴 도는
데 한나절이나 걸리는 넓은 공원이다. 그리고 늦은 오후가
되어 공원에서 나가는 길을 찾는 도중, 그 옆에 공원이 하나
더 있는 걸 알게 되었다. 알렉산드롭스키 공원이었다.
나는 주차장을 통해 알렉산드롭스키 공원으로 빠져나갔다.
저녁이 되기 전에 얼른 둘러보고 호텔로 돌아갈 생각이지만,
표지판의 지도를 보니 알렉산드롭스키 공원은 예카테리나
공원보다 더 넓었다. 주로 현지인들이 소란스러운
관광객들을 피해 조용히 가족 단위로 시간을 보내는 시민
공원 같았다. 결국 나는 버섯 어쩌고 하는 이름이 붙은
정원의 귀퉁이만 보고 산책로를 한참 가로질러 공원을
빠져나왔다.

상트페테르부르크

뉴욕 센트럴 파크는 면적이 3.41제곱킬로미터이지만,
푸시킨 예카테리나 공원은 5.67제곱킬로미터이고 그 옆
알렉산드롭스키 공원은 그보다도 크다. 페테르고프에도
러시아 황실에서 조성한 1.3제곱킬로미터 정도 크기의 대형
정원이 두 개 있고, 그중 작은 정원은 시민들에게 무료로
개방되어 있다. 황실 정원 건너편에도 커다란 호수와
잔디밭, 듬성듬성한 숲으로만 이뤄진 대형 공원이 하나 더
있다. 이곳은 구글 맵에 이름이 나오지 않는다.
부럽게도 러시아는 어디를 가나 물과 녹지가 풍부하다.
상트페테르부르크에만도 센트럴 파크만한 넓이에, 센트럴
파크만큼 잘 꾸며 놓은 공원이 몇 개나 있다. 스몰니 성당
가는 길에 찾은 타브리체스키 공원도 센트럴 파크만큼이나
크고 아름다웠다. 학생들이 볕 좋은 벤치에 앉아 수채
물감으로 풍경을 담고 있었다. 공원을 둘러보다 보니
소비에트인들이 가졌을 법한 자신감이 어렴풋이 느껴졌다.
시민 공원 하나만 보더라도, 미국보다 자신들의 나라가 더
나았던 것이다.

» 호박 방은 그저 그래요

예카테리나 궁전에 입장하려면 길게 줄을 서야 한다.
비수기였는데도 한 시간은 줄을 섰던 것 같다.
상트페테르부르크에서 적잖이 떨어져 있는 이 궁전이 왜
그렇게 인기가 있는 걸까. 언뜻 지나가는 말로 들으니
궁전의 호박 방이 세계 8대 불가사의로 불리는 모양이었다.
하지만 호박 방에 타일처럼 붙여진 호박 패널들은 기대만큼
아름답지 않았고 세공 솜씨도 투박해 보였다. 인기는 정말
많아서 그 평범한 크기의 방에 호박 패널만큼이나 많은
관광객이 들어차 있었다.
예카테리나 궁전에 호박 방만 있는 것이 아니다. 프랑스
베르사유 궁전처럼 옛 황제들의 일상을 느낄 수 있는 생활
공간들이 잘 보존되어 있고, 두 번째 사진처럼
무도회장으로 쓰였다는 으리으리한 홀도 있다. 웨딩 촬영을
하는 신혼부부들도 곳곳에서 볼 수 있다.
나는 이곳에서 안경집을 샀다. 안경집을 보석함처럼 장식해
공예품으로 만든 나라는 러시아가 처음이다. 플라스틱
안경집 위에 색색의 물감으로 그림을 그리고, 그 위에 윤기
나는 도료를 덧입혔다. 그림은 설화의 한 대목. 하늘에선
학이 날고 사과나무 아래선 엄마와 아들이 멀리 성채를
향해 가고 있다. 둘의 시선이 방금 지나온 곳을 향해 있는

것을 보니 뭔가에 쫓기고 있는 것 같다. 러시아의 거리들에서 눈에 띄는 특징 하나는 엄마와 아들, 아빠와 딸처럼 부모와 자식이 함께 다니는 광경이다. 유난히 그렇다.

상트페테르부르크

» 외투를 두른 건축물들

러시아는 추운 기후 때문인지 상가들이 반지하에 있거나 큰
건물로 둘러싸인 중정(아트리움) 쪽에 입주해 있는 경우가
많다. 모스크바에 도착한 첫날, 구글 맵에는 식당 이름이
나오는데 길에선 간판을 찾을 수 없었던 기억이 난다.
바깥을 서성이고 있는데 안쪽에서 웬 댄스 음악이 들려왔고,
아치형의 입구를 따라 들어가자 눈에 익은 푸드 코트가
나타났다.
오래된 석조 건물이 많은 상트페테르부르크에는 그런
경우가 더 흔하다. 내가 들렀던 한 LP 음반점은, 건물
지하에 미로처럼 뚫린 어지러운 통로 모퉁이에 있었다.
신축 건물도 비슷하다. 레고로 지은 것처럼 윗부분이
요철로 된 멋진 붉은 건축물이 보여 찾아간 곳이 포
호라이즌Four Horizon. 현대식 주거 단지였는데, 평면도가
입구에 붙어 있어 사진을 찍어 왔다. 가운데 공동 공간을
두고 그곳을 두터운 외투처럼 건물이 둘러싸고 있다. 한
블록 전체를 한 건물이 둘러싼 경우도 흔하다. 그런 경우
상가들이 건물 안쪽으로 입구를 내고 있어, 초행길엔
어째서 러시아엔 식당이나 옷 가게나 술집 같은 소매업이
발달하지 못했을까 의아할 수도 있다. 그럴 땐 외투 속
주머니에 손을 넣듯, 주저 말고 건물 안쪽으로 들어가 보자.

상트페테르부르크

» 이토록 현대적인 독립 서점

넵스키 대로와 폰탄카강이 만나는 지점 근처에 있는 한
독립 서점은 잊지 못할 만큼 인상적이었다. 조명을 패션
잡화점만큼 환하게 밝히고 실내를 젊은 감각으로 꾸며
놓았으면서도, 서점이라는 역할에 충실하게 책과 책장들로
빼곡하게 채워져 있었다. 서점은 어딘지 시대를 거스르는
우중충한 곳이고 러시아는 더할 것이라는 내 편견을 단번에
잊게 만든 곳이었다. 요즘 유행에 맞게 작은 스낵바가
있지만, 음료를 팔아 수익을 올리려는 것이 아닌 그냥
손님을 더 오래 잡아 두기 위한 목적인 듯했다. 스낵바가
아닌 테이블에서는 책만 읽게 되어 있었다. 그래도
서가마다 젊은이들로 바글바글했다. 구글 맵에 나와 있는
서점 이름은 폿피스녜 이즈다냐 Podpisnyye Izdaniya.
서점이 하도 인상적이어서 숙소로 돌아와 서점의
인스타그램 계정을 찾아봤는데, 놀라운 것을 봤다.
출판사도 아니고 규모도 크지 않은 독립 서점이 매일 책 한
권을 소개하는 광고 사진을 찍어 포스팅하고 있었다. 흔히
보는 평범한 책 사진이 아닌 공들여 연출한 사진들이었는데,
충분히 눈길을 끌고 화제가 될 만큼 재밌고 수준이 높았다.
예를 들어 『어린 왕자』의 광고 사진은 어린 왕자처럼 분장을
한 인물이 바람에 목도리 한끝을 날리며 한 손엔 책을, 한

손엔 장미꽃을 들고 있었다. 연출 사진 속 모델들은 서점 직원들. 내가 서점 사진을 찍어도 되냐고 묻자 그러라고 허락해 준 계산대 직원도 있다. 이러니 이 서점에 관심이 생기지 않을 수가 없을 것이고, 인기가 없을 수 없을 것이고, 책을 안 사볼 수가 없을 것이다.

우리 출판사들이 광고비를 내고 인스타그램에 올리는 책 광고들이 좋아요를 5백 개도 받기 어려운 점을 생각하면, 보통 1천 개를 넘어가는 좋아요 수도 놀랍다.

» 마르크스와 엥겔스

러시아가 개혁 개방을 이룬 게 벌써 30년 전 일이니, 내가
러시아에서 마르크스의 동상을 딱 두 번 봤다고 해도
이상하지 않다. 사진은 상트페테르부르크 스몰니 성당 앞
공원의 마르크스 흉상이다. 검은흙을 파헤치며 인부들이
조경 작업을 하고 있었다.

개혁 개방과 함께 소비에트가 해체되던 바로 그 시기에,
아이러니하게도 우리나라에서는 마르크스와 엥겔스의
저작들이 번역돼 출간되고 일반 독자들의 손에 쥐어지기
시작했다. 나도 그때 처음 이론과실천사 판 『자본론』을
샀다.

역사가 재밌는 건 아이러니 때문이다. 마르크스와 엥겔스는
독일 태생이었고, 주로 영국과 프랑스의 역사와 계급
현실을 연구했다. 그들의 저작에서 러시아는 비중 있게
다뤄지지 않았다. 둘은 유럽 여기저기를 옮겨 다니며
살았지만 러시아에 가본 것 같지는 않다. 하지만 사회주의
혁명은 러시아에서 처음 성공했다. 마르크스와 엥겔스의
사상은 러시아에서 가장 환영받았고 러시아를 완전히 바꿔
놓았다. 우리나라에서 나온 백산서당 판 『공산당 선언』에는
레닌의 서문이 번역되어 수록되어 있다.

러시아에 가서 내가 러시아에 대해 갖고 있던 대부분의

편견이 깨졌지만, 단 한 가지 인상만은 내 생각과 들어맞아
마음이 놓였던 기억이 난다. 러시아 남성들의 생김새다.
내가 온갖 영화와 드라마에서 봤던 러시아 남성들이
모스크바와 상트페테르부르크의 거리를 씩씩하게 활보하고
있었다. 1백 퍼센트 예상 밖인, 낯설기만 한 나라가
아니었던 것이다.

03

스보이와 브녜
그리고 버스킹

» 러시아에 어째서 헤비메탈이?

길거리 연주인 버스킹은 값싸게 즐길 수 있는 현지의
대중문화다. 가난한 여행자에겐 놓칠 수 없는 기회. 그래서
나는 상트페테르부르크에서 버스킹을 만나면 걸음을 멈추고
(어차피 꼭 가봐야 할 곳은 없다) 귀를 기울였다. 첫 번째
사진의 밴드는 너바나의 〈스멜스 라이크 틴 스피리트Smells
Like Teen Spirit〉를 거의 똑같이 불렀다. 버스커들은 대개
대중에게 잘 알려진 영어권 노래를 카피해 부른다. 버스킹
천국 이탈리아의 버스커들도 영어권 노래를 카피해 쓴다.
하지만 러시아의 버스커들은 대개, 러시아어를 모르는
외국인은 한마디도 알아들을 수 없는 러시아어 노래들을
부른다. 넵스키 대로의 밴드도 너바나의 곡 한 곡만 빼곤
모두 러시아어 헤비메탈을 불렀다.
러시아는 차이콥스키나 쇼스타코비치 같은 고전 음악의
나라로 알려져 있지만, 소비에트 시절을 거치고도 하드
록과 헤비메탈이 대중적인 음악 장르로 자리를 잡았다.
이상한 일이다. 나는 소비에트 시절엔 퇴폐적인 서양의 록
음악은 금지되었었다고 알고 있었다. 언젠가 그런 이야기를
다룬 영화도 본 적이 있다. 헤비메탈 팬들에게도 러시아는
과격한 록 음악의 불모지로 알려져 있다. 그래서
상트페테르부르크의 거리에서 헤비메탈 공연을 보리라고는

기대를 할 수 없었다. 어찌된 일일까.

러시아는 중고 LP 가격이 보통 우리보다 세 배에서 다섯 배가량 비싸다. 블랙 사바스의 옛 LP는 한 장에 보통 20만 원에 팔린다. 그래도 빈손으로 돌아갈 수는 없기에 러시아 밴드의 음반을 한 장 샀다. 〈코로지아 메탈라Korrozia Metalla〉가 1992년에 낸 앨범이다. 놀랍게도 이 밴드는 헤비메탈에서도 급진적이라는 사타닉 스래시 메탈 밴드고, 재킷에 악마와 희생물, 가학 취향의 그림이 잔뜩 그려져 있다. 1992년에 이런 수준의 음반이 제작되었다는 건, 서유럽과 같은 시기에 급진적인 록 음악이 러시아에서도 유행하고 있었다는 의미다. 또, 모스크바의 볼쇼이 서커스 극장 근처에 있는 즈부코보이 바르예르Zvukovoy Bar'yer라는 LP 음반점은 내가 지금까지 가본 서양의 어떤 음반점보다도 많은 헤비메탈 음반을 갖고 있었다.

스보이와 브네 그리고 버스킹

스보이와 브네 그리고 버스킹

» 레닌그라드 록 클럽

헤비메탈이 차이콥스키의 나라에서 어째서 그토록 자주
들렸는지 알렉세이 유르착의 책을 읽고 알았다. 유르착은
소비에트 록 밴드의 매니저로 일하다가 미국으로 건너가
학자가 된 인물. 그는『모든 것은 영원했다, 사라지기
전까지는: 소비에트의 마지막 세대』에서 스탈린 사후 후기
소비에트 시절에서 어떻게 록 음악이 발전할 수 있었는지
알려 준다. 결론부터 말하자면 후기 소비에트에서는 록
음악이 금지된 적이 없었다.

부분적으로는 규제가 있었는데, 소비에트의 젊은이들은
1950년대부터 정부에서 선별적으로 규제하는 서양의 록
음반들을 해적판으로 만들어 즐겼다. 록 음악은 미국에서
태어난 영미권 고유의 문화였다. 우리 한국도 1990년대
초반까지도 라이선스(허가)를 받지 못한 서양의 불량한
헤비메탈 음반들을 해적판으로 만들어 나눠 듣곤 했다.
차이가 있다면 우리는 (소문에는) 폐타이어를 녹여
해적판을 만들었고, 소비에트인들은 〈플라스틱 엑스레이
판〉[6]을 깎아 만들었다는 정도.

서양의 록 음악은 어떻게 해서든지 젊은이들 사이로 번져
나갔다. 소비에트 정부는 외국어 교육을 위해, 단파
라디오로 외국 방송을 듣기를 권장하고 있었다. 덕분에

「보이스 오브 아메리카」 같은 미국 프로그램들을 통해,
재즈와 하드 록이 실시간으로 소비에트에서도 유행을 탈 수
있었다. 서양의 록 음악은 또 녹음테이프로도 전해졌다.
1960~1980년대에 약 5천만 대의 녹음기가 소비에트
가정에 보급되었다.

이렇게 해서 블랙 사바스나 유라이어 힙 같은 서양의
헤비메탈 밴드들이 소비에트의 젊은이들에게도 동일한
영향을 끼칠 수 있었다. 록 음악은 금지된 것이 아니라
일찍부터 소비에트의 하위 문화로 정착했다.

스탈린의 통치가 끝난 후기 소비에트 사회는 그렇게 통제가
심한 나라가 아니었다. 〈부르주아적이거나 반소비에트적인
프로파간다(선전)가 아니고 우수한 문화적 정보라고
인정되기만 하면〉 외국 문물은 〈장려〉[7]되었다. 게다가 이
부르주아, 반소비에트 같은 기준들도 모호해서 얼마든지
자의적인 해석이 가능했다. 그래서 철저한
공산당원이면서도 아무 갈등 없이 헤비메탈의 전도사로
활동하는 것도 가능했다. 왜냐하면 헤비메탈 사운드의
급진성이, 소비에트가 추구하는 미래를 향한 진보적인
미학의 맥락에 놓일 수도 있었기 때문이다. 맥락은 만들기
나름이다.

규제된 밴드들의 목록들도 있었지만 오히려 규제가 록
음악의 번성에 도움이 됐다. 왜냐하면 그 목록이, 규제된

스보이와 브녜 그리고 버스킹

밴드와 음반을 제외한 나머지 모든 것은 허용된다는 암묵적인 메시지로 작동했기 때문이다. 핑크 플로이드의 어떤 한 앨범을 금지시키면, 핑크 플로이드의 나머지 앨범들은 허용된다는 의미로 해석되는 식이었다. 록 음악을 사회주의와 양립 가능한 것으로 만든 주된 요인 하나가 이 같은 소비에트 정부의 느슨한 규제 정책이었다.

이 모든 과정을 거치며 록 음악이 얼마나 소비에트화되었는지 보면 놀랄 정도다. 1970년대 초반에 이미 〈모스크바에 록 그룹이 하나도 없는 중등학교, 연구소, 공장은 없었으며, 이러한 록 그룹의 수를 다 합치면 수천 개가 되었다. 이는 수천 명의 개인 독립 프로듀서들이 대중문화의 현장에서 활동하고 있었음을 의미한다〉.[8] 이들은 정부의 지원을 받지 않는 아마추어 밴드들이었고, 따라서 더욱 자유로운 활동을 할 수 있었다. 1981년에는 아예 정부 조직인 콤소몰(공산주의 청년 동맹)의 후원으로 운영되는 레닌그라드 록 클럽이 창설되기도 했다. 21세기에 넵스키 대로를 점령한 그 많은 하드 록 밴드들이 그 클럽의 후예들인지도 모른다.

스보이와 브녜 그리고 버스킹

» 스보이와 브녜

록 음악의 융성에는 아마도 후기 소비에트 사회에 적응하는
데 성공한 독특한 사회성도 한몫했을 것이다. 〈스보이〉가
그것인데 유르착의 설명을 따르면, 당의 이념에 충실한
열성 분자도 아니고 대놓고 반발하는 반체제 분자도 아닌
사람들을 일컫는다. 그들은 지지자와 반대자 두
유형으로부터 스스로를 〈정상적인 사람들〉[9]로 구별했다.
스보이는 소비에트 사회에서 요구되는 역할을 적당히
이행하면서도, 그 보상으로 주어지는 시간과 금전적 여유를
개인의 삶을 위해 창조적으로 활용했다. 〈브녜〉는 그런
스보이가 활동했던 〈탈영토화〉[10]된 영역을 말한다. 이는
후기 소비에트 사회의 〈안쪽과 바깥쪽에 동시에
자리하면서〉 〈단순한 지지와 거부 모두를 회피하는 특별한
위치〉[11]를 말한다. 아마 그때의 스보이가 사진 속 버스커들
같지 않았을까.
스보이와 브녜 이야기를 읽다 보면, 인간은 어떤
체제에서든 마침내 적응할 길을 찾아내고 만다는 생각을
하게 된다. 게다가 소비에트 연방은 그리 살기 어려운
사회도 아니었던 것 같다. 집세나 식료품은 쌌고 의료와
교육은 공짜였다고 한다. 굶어 죽을 정도만 아니면
예술가들은 제가 하고픈 일, 창조를 한다. 후기 소비에트

사회는 그 시기를 다룬 할리우드 영화나 반공 선전물과는
달리 창조적이고 생산적인 개인들(스보이)의
사회(브녜)였다. 그들은 서양의 록 음악을 무차별적으로
받아들이지 않고 아트 록이나 하드 록 장르를 골라
수용했다. 아트 록이나 하드 록은 상업적이지 않았고,
오케스트라로 연주된 교향곡처럼 복잡하고 내용이 풍부한
수준 높은 록 음악이었다. 스보이들은 현명하게도 서양
대중문화에서 〈미래주의적이고 아방가르드적인 실험적
미학〉[12]을 선별해 받아들였다.

» 예술가는 이슬만 먹고 사는 이상한 사슴이 아니다

19세기 중반에도 버스킹이 있었다. 『죄와 벌』에는 남편이
죽자 살길이 막막해진 카체리나가, 아이들을 끌고 넵스키
대로로 나가 노래를 불러서라도 밥벌이를 해야겠다고
다짐하는 대목이 나온다. 「우리는 넵스키 대로로 나갈
거예요. 그곳에는 상류계층의 사람들이 훨씬 많으니까.」
넵스키 대로는 그때나 지금이나 도시의 가장 부유하고
번화한 거리고, 버스킹의 성지다. 카체리나는 노래를
정한다. 〈단돈 다섯 푼〉. 그들의 딱한 처지를 말해 주는 듯한
가사다. 「단돈 다섯 푼, 단돈 다섯 푼. 그것으로 살아가야만
한다네.」[13]
버스킹은 19세기에 이미 러시아에서 대중화되어 있었다.
버스킹은 21세기가 되어서도 간혹 구걸하는 데 쓰인다.
어린아이들이 거리에 나와 돈통을 앞에 놓고 몸을 흔들며
연주를 한다. 『죄와 벌』에서 보듯, 버스킹은 애초에
구걸하려는 목적으로 생겨났다.
러시아의 버스킹에는 꼭, 중절모나 꽃바구니 같은 것을
들고 구경꾼들 사이를 오가며 구경값을 받는 사람이 하나
끼어 있다. 구경값을 요구하는 표정과 말투는 당당하고,
구경꾼들도 주저 않고 잔돈을 내놓는다. 예술가는 이슬만
먹고 사는 이상한 사슴이 아니다. 돈이든 명예든 대가가

주어져야 한다. 그렇지 않다면 누가 쌀쌀한 노상에 나와
기타를 튕길 것이며, 가난한 여행자들은 또 어디서
러시아의 대중음악을 들어 볼 수 있을까.
상트페테르부르크에서 뭔가 멋진 걸 보려면 저녁 5시
이후에 넵스키 대로에 나가 끝에서 끝까지 걸어 보시길.

상트페테르부르크의 버스킹 공연에서 빼놓을 수 없는 것이
흥 부자들이다. 밴드가 나와서 연주를 하고 있으면 그다지
춤곡 같지 않은데 구경꾼들이 나와서 몸을 흔든다.
개중에는 술꾼들도 있지만 대개는 멀쩡한 행인들이 구경을
하다 말고 플래시 몹처럼 즉흥적으로 이벤트를 벌인다. 첫
번째 사진은 버스커가 〈쿠스코〉풍의 안데스 음악을
연주하는 동안 앞에 나와 춤을 추는 러시아의 흥 부자들을
찍은 것이다. 다른 나라에서는 본 적 없는 버스킹 광경이다.
황홀경에 빠진 듯 제멋대로 춤을 추는 저 중 한 사람은, 궁전
광장에서부터 넵스키 대로에 이르기까지 만나는 버스킹
공연마다 멈춰서 춤을 췄다.
러시아 버스킹에는 관객이 많다. 그래서 벌이도 나쁘지
않을 듯하다. 두 번째 사진은 대학에서 무용을 전공하는
학생들 같은데, 해 떨어지고 난 다음에 저렇게 불 쇼를
벌이고는 구경한 값을 받는다. 시민들이 갹출하는 장학금
같은 것. 기름을 묻힌 솜의 불이 꺼져 갈 즈음엔, 그들도
자신의 춤에 도취됐는지 무아지경에 이른 것 같은 표정을
지었다.

스보이와 브녜 그리고 버스킹

04

시베리아 횡단 열차

러시아는 철도의 나라다. 모스크바에만도 기차역이 아홉
개가 있고 상트페테르부르크에는 다섯 개가 있다. 이들
기차역에서 동쪽의 내륙과 서유럽, 남쪽의 옛 연방
국가들로 사방팔방 철도가 뻗어 나간다.

보통 우람한 석조 건물인 기차역은 러시아에서 치안이 가장
좋은 공간에 속한다. 캐리어 가방을 끌고 육중한 목조
출입문(두께가 한 뼘인 경우도 있다)을 힘들게 젖히고
들어가자마자 경찰들과 엑스레이 검색대가 여행자를
맞이한다. 이들을 지나치지 않으면 안으로 들어갈 수도
없다.

그 때문에 러시아의 기차역들은 내가 가본 나라의 어떤
기차역들보다도 안전한 환경을 제공한다. 노숙자도
소매치기도 없고, 행상도 보지 못했다. 지하철역도
비슷해서 모든 출입구를 경찰이 지키고 있다. 만약 어떤
문제에 휘말리거나 위협이 느껴질 때 경찰이 보이지
않는다면, 근처의 지하철역이나 기차역으로 뛰어들면 된다.

» 거의 아무것도 아닌 기념일

2019년 10월 3일은 아무것도 아닌 기념일이다. 시베리아
횡단 여행이 아무 때나 훌쩍 떠나기 힘들다고 해도 특별히
기념할 만한 일은 아니다. 하지만 나는 날짜를 꼼꼼히
기록해 둔다.
과거란 거의 아무것도 아닌 기념일들로 이뤄져 있다.
우리는 과거를 기억하는 것이 아니라 시간의 흐름 가운데
돌올한, 잊으면 안 되거나 그만 잊고 싶은 날들을 기억한다.
그런 날들이 기념일이 된다. 설레거나 실망스러웠던 어떤
날들이다. 어제를 예로 들 수 있다. 어제는『러시아의
시민들』의 출간을 위해 세 번째 출판사와 이야기를 나눈
날이다. 거의 아무 것도 아닌 이런 날들을 기념하면서, 나는
내 과거를 실재했던 날들로, 뭔가 기억할 만한 게 있는
날들로 만든다.

» 부모의 표정을 행복하게 바꾸는 방법

니즈니노브고로드는 소설가 막심 고리키의 도시다. 한때
도시 이름이 고리키였고 고리키를 기리는 광장도 있고,
내가 묵었던 호텔 이름도 고리키 호텔이다. 한 언덕에는
소년 고리키의 동상도 있었다.

니즈니에는 고리키 공원에서 크렘린까지 이어지는 차 없는
번화가가 있다. 볼샤야 포크롭스카야 거리로 길이
2킬로미터에 4차선 폭은 될, 서울의 명동 같은 곳이다. 먹고
마시고 즐길 거리가 대로 양편으로 줄지어 있는데 대부분
러시아어 간판만 달려 있다. 영어가 없다. 외국인 관광객도
눈에 띄지 않는다. 시베리아의 도시들은 대개 관광 도시가
아니고, 그래서 나 같은 동양인 관광객이 지나가면 오히려
구경거리가 된다는 사실을 이 거리에서, 시베리아 여행의 첫
번째 도시에서 알았다.

그래서인지 사진을 찍어도 되겠냐는 부탁에 거절하는
시민도 거의 없었다. 러시아는 부모와 자식이 함께 다니는
일이 유독 많고, 자식이 어릴수록 사진을 찍어도 되냐고
물으면 부모 쪽이 행복해한다. 사랑하는 연인과 함께 있을
때만큼이나 행복한 표정을 짓는다. 사진은 아빠가 딸을
껴안고 한껏 행복해하다가, 셔터를 누르기 직전 딸이
달아나는 순간이다.

시베리아 횡단 열차

» 레닌을 보고 웃지 말 것

볼샤야 거리 한편에, 집에서 가지고 나온 집기들을 파는
작은 벼룩시장이 있었다. 잘 닦아서 내놓으면 나같이 먼
나라에 온 사람들은, 옛 러시아 귀족들이 썼던 것들이라고
해도 믿을 만치 이국적인 집기들이었다. 그중에 크리스털로
만든 레닌의 두상이 있었다. 내가 들여다보고 있자 주인이
다가왔고 레닌이라고 설명했다. 나는 소리 내 웃으며 알고
있다고 했다. 그러자 주인의 얼굴에서 미소가 싹 가셨다.
『모든 것은 영원했다, 사라지기 전까지는』에는
소비에트에서 레닌이 어떤 위상을 가지고 있었는지 잘 나와
있다. 독재자 스탈린조차도 레닌을 내세우지 않으면 말의
권위를 가질 수 없었다. 소비에트의 마지막 10년에
청춘기를 보낸 한 시민은 이렇게 말한다. 〈우리는 레닌이
신성하다는 생각과 더불어 성장했어요. 레닌은 순수함,
질서, 지혜의 상징이었죠. 절대적으로요.〉[14] 소비에트가
몰락한 것은 순전히 스탈린이나 브레즈네프 같은 후대의
지도자들이 레닌의 정책들을 왜곡했기 때문이다.
소비에트에서는 《레닌 - 당 - 공산주의》가 삼위일체를
이루는 하나의 주인 기표〉[15]였고 레닌의 사후에도
소비에트는 여전히 레닌 - 당 - 공산주의를 중심으로
움직여졌다.

한 시민은 어렸을 적 학교에서 애정을 가지고 레닌의
초상화를 그렸다가 선생님에게 이런 말을 들었다. 「마샤야,
만일 네가 얼굴을 잘 그릴 자신이 없다면, 레닌을
건드려서는 안 된다. 다른 사람의 초상화를 가지고는
실험해 볼 수 있지만, 레닌은 안 된다.」[16] 내가 레닌의
두상을 두고 웃었던 건 호감의 표시였다. 하지만 소통이란
상호적이다. 나는 곧바로 실수했다는 것을 깨달았지만
사과를 할 방법이 없었다.

» 눈높이는 평등하게

이날 또 하나 깨달은 것이 있었다. 니즈니의 크렘린을
둘러보다가 산책을 나온 부녀와 마주쳤다. 사진을 찍어도
되냐고 묻고는 나는 무릎을 굽혀 자세를 낮췄다. 인물에
위엄을 더하고 싶을 때 나는 종종 아래쪽에서 사진을
찍는다. 그런데 내가 자세를 낮추자 아이의 아빠도 무릎을
굽혔다. 나는 무릎을 더 굽혔고 그러자 그도 더 자세를
낮췄다.

그러다 결국 나는 한쪽 무릎을 땅바닥에 대고 꿇었다.
그러자 아이 아빠도 사진처럼 무릎을 완전히 굽히고
쭈그리고 앉은 자세가 되었다. 그의 얼굴에 당혹스러움이
스치고 지나갔다. 나도 당혹스러웠지만 더 낮출 자리가
없으므로 그제야 셔터를 눌렀다. 사진은 그렇게 두
당혹스러움 사이에서 찍힌 것이다. 그래도 그는 끝까지
미소를 표정에서 지우지 않았다.

이 일로 나는 잠시 혼란스러웠다. 그러다 어느 순간, 무릎
꿇는 행동이 러시아인의 습속에는 어딘가 온당치 않은 일일
수 있다는 데 생각이 미쳤다. 이를테면 한 사람이 다른
사람에게 무릎을 꿇는 건 그저 사진을 찍기 위한
것일지라도 온당치 않은 것이다. 앞서 「부모의 표정을
행복하게 바꾸는 방법」의 도망가는 아이의 아빠도, 무릎을

꿇은 나를 따라 자세를 낮추다가 쭈그리고 앉게 된
것이었다. 내가 자세를 낮출 때마다 표정이 굳던
러시아인들이 기억났다. 이날 이후로 나는 러시아인들의
사진을 찍을 때는 꼿꼿이 선 자세로 눈높이를 수평으로
맞추고 찍었다.

» 스냅숏 사진은 한 방에

다리를 건너 니즈니의 동쪽 도심으로 건너가면 박람회
건물이 있고, 그 옆에 지역 예술가들이 자신의 작품들을
판매하는 마켓이 있다. 외국인 관광객이 잘 없는
시베리아의 도시라는 점을 생각하면, 이처럼 큰 로컬 아트
마켓이 있다는 사실이 놀라웠다. 수공예 기념품, 조각,
골동품, 책, 그림 들의 판매 부스를 훑다 보니 사진 부스가
나왔다. 손님이 원하면 사진도 찍어 주고, 손님이 필름을
가져오면 특별한 화학 처리를 거쳐 뒤편에 전시된
작품들처럼 독특한 느낌이 나도록 인화도 해주는 곳인
듯했다.
러시아 거리에서는 필름 카메라를 쓰는 사람들을 종종 볼
수 있다. 모스크바의 이스마일로 시장에는, 소비에트
시절에 쓰이던 것부터 비교적 최근에 생산된 것까지 필름
카메라를 파는 상점들이 많다. 나는 화학 약품을 담은
널찍한 판을 들여다보다가 사진을 찍어도 되겠느냐고
물었다. 그러자 부스를 지키던 세 사람은 저렇게
넉넉하면서도 수줍은 미소를 지어 보였다.
처음 한 번 셔터를 누르고 아무래도 실내라, 잠깐 노출
설정을 고치고는 다시 한번 셔터를 눌렀다. 그러고는 한
번인가 더 셔터를 눌렀을 것이다. 그러고 났더니 세 사람의

표정에서 웃음기가 싹 사라지고, 한 사람은 약간 언짢아진
표정이 되었다.

그래서 나는 인물 사진을 찍을 때는 처음 셔터를 눌렀을 때
만족해야 한다는 사실을 다시금 깨달았다. 지나온 그림
부스에서도 같은 일이 있었다. 처음 한 번 셔터를 누르고 두
번째로 셔터를 누를 때면 모델의 입장에서는 이미 카메라를
들고 있는 낯선 사람에 대한 경계심이 싹트기 시작한다. 세
번째로 셔터를 누를 쯤 되면 의심이 들고 기분이 나빠진다.
스냅숏은 모델의 호의가 살아 있을 때 찍어야 한다.

길거리에서 스냅숏을 찍다 보면, 사람이 낯선 사람에게
품는 호의가 얼마나 빨리 휘발되는지 알게 된다. 대부분의
스냅숏은 처음 찍은 숏이 가장 낫다. 미소도 가장
자연스럽다.

사진 부스가 있는 마켓을 나왔더니 옆 건물에서 우리의
화랑 미술제 같은 또 다른 아트 마켓이 막 개장을 준비하고
있었다. 앞의 마켓보다 좀 더 전문적이고 규모도 훨씬 컸다.
방송국에서 나와 촬영도 하고 있었다. 러시아에서는 정말
예상치 못한 곳에서 예술을 만나곤 한다.

ОВ

АМБРОТИП

a classical portrait in ambrotype

ФОТОГРАФИЯ

ПО ТЕХНОЛОГИИ

1851 ГОДА

볼사야 거리를 걷다 보니 외벽이 새하얗고 뾰족한 녹색
지붕이 달린, 동화 속 일러스트 같은 성채가 나타났다.
아름다운 건물이 많은 이 거리에서도 유난히 눈에 띄는
외양이었다. 옛 성인가 하고 검색을 해봤더니 은행이었다.
둘러보니 출입문께 은행이라는 간판이 조그맣게 붙어
있었다. 나는 그 앞을 아침저녁으로 지나다니면서,
우리나라 은행은 돈 벌면 강남에 빌딩을 지어 올리고
러시아 은행은 성채를 쌓아 올리나 보다, 하는 생각을 했다.
니즈니는 외국인 관광객을 위한 도시는 아니지만 의외로
볼거리가 많다. 볼사야 거리 좌우에 이리저리 나 있는
골목으로 조금만 걸어 들어가면 개발되지 않은 예스러운
풍경이 펼쳐진다. 길 한가득 낙엽이 쌓여 있고 나무로
지어진 주택들이 성기게 늘어서 있다. 목조지만 덩치는 3층,
4층 건물 정도로 꽤 큰 건물들이었다. 이런 독특한 양식의
목조 주택은 시베리아로 들어갈수록 흔하고, 특히
노보시비르스크에는 목조 주택 거리가 명소로 올라와 있다.
니즈니에서는 볼가 강변도 걸어 볼 수 있다. 17세기에
지어진 수도원을 보려고 길을 나섰다가, 문득 정신이 들고
보니 볼가강을 따라 걷고 있었다. 대중교통도 없는 도시 속
오지 같은 곳이었다. 나는 두 시간이나 모래 둔덕과 마른

풀들이 하염없이 이어지는 그 누런 길을 흘러가듯 걸었다. 상상 속에서 일리야 레핀의 그림 「볼가강의 배 끄는 인부들」을 보고 돈 코사크 합창단이 부른 「볼가강의 뱃사공」을 들으며. 그저 걷는 일뿐, 다른 어떤 일도 벌어지지 않은 시간이었지만 볼가강 풍경은 잊지 못할 것으로 남았다.

17세기에 지어진 수도원을 보려고 길을
나섰다가, 문득 정신이 들고 보니 볼가강을
따라 걷고 있었다. 대중교통도 없는 도시 속
오지 같은 곳이었다. 나는 두 시간이나 모래
둔덕과 마른 풀들이 하염없이 이어지는 그
누런 길을 흘러가듯 걸었다.

시 베 리 아 횡 단 열 차

» 거리 게시판을 보라

옴스크에서 호텔을 나와 시내를 향해 걷는데, 버스
정류장의 광고 게시판이 눈에 띄었다. 우리나라도 한때는
저렇게 포스터들로 어지러운 게시판들이 정류장마다 서
있었다. 그런데 생김새는 같되, 뭔가 다르다.
옴스크에서 내 시선을 잡아끄는 멋진 건물은 극장인 경우가
많았다. 저녁노을 아래 정장을 빼입은 시민들이 입장을
기다리며 극장 앞을 서성이던 광경은 지금도 기억이 난다.
러시아에는 정말 많은 극장이 있지만 대개는 연극이나
오페라, 클래식 연주회에 쓰이고 영화관은 잘 보이지
않는다. 거리 게시판을 봐도 연극과 오페라 포스터들뿐이다.
공연 문화에 쏠린 듯한 느낌은 시베리아로 들어갈수록
강해진다.
극장에 비해 수가 한참 적긴 해도 러시아에도 영화관이
있다. 호텔로 돌아오는 길에 영화관을 봤다. 「좀비랜드: 더블
탭」 간판이 붙어 있기에 나는 〈이 영화를 이제야 개봉하나?〉
하고 놀랐었다. 1편인 줄 착각한 것이다. 속편인 「더블 탭」은
할리우드와 같은 시기에 러시아에서 개봉했다.
우리나라에서는 러시아보다 두 달 가까이 늦게 개봉했다.

시베리아 횡단 열차

» 미소 없는 사진

10월 8일 옴스크에서 이 어린 친구들을 만난다. 아직 정오도
지나지 않은 시간에 흐트러진 교복 차림으로 동네를
서성이고 있다는 사실에 약간 망설여졌지만 나는 사진을
찍어도 되느냐고 물었다. 나는 손가락으로 가슴께에 걸린
카메라를 가리켰다. 그리고 웃었다. 잠시 망설이다가
여자아이가 고개를 끄덕였다.

둘은 웃지 않았다. 교복은 셔츠 아랫단이 비어져 나와 있고
다림질한 지 오래돼 보였다. 세탁기에 넣었다가 툴툴 털어
빨랫줄에 널었던 것 같다. 손에는 구겨진 비닐봉지가 들려
있다. 운동화에는 흙탕물이 들어 있다. 모스크바나
상트페테르부르크의 학생들이 얼마나 깔끔하게 하고
다니는 멋쟁이들인가 생각하면 둘의 차림은 이례적일 만큼
후줄근했다.

둘을 만난 장소는 옴스크의 변두리. 단층 목조 주택들이
물컹한 진흙 길과 나란히 서 있는 곳이었다. 진흙 길에는
가꾸지 않은 가로수들이 가지를 늘어뜨리고 있고 잡초가
무성했다. 아스팔트 차로에서는 차량이 지날 때마다
흙먼지가 날렸다. 목조 주택들은 그 먼지를 뿌옇게
뒤집어쓰고 주저앉고 비틀리면서 기울어져 가고 있었다.
남자아이가 기대고 있는 것은 지하수를 끌어올리는 펌프다.

옴스크 변두리에는 저런 펌프가 길 곳곳에 있다. 나는
아이스크림을 먹고 끈적거리는 손을 씻다가 저 아이들을
만났다. 아이들은 물을 마셨다.

동네는 옴스크의 가난한 이들이 모여 사는 변두리 빈민가다.
아이들을 빼면 동네에서 낡지 않은 것이 없다. 러시아
정교회 성당마저 도심과는 달리 낡은 것들뿐이다. 허물어진
벽 귀퉁이, 반쯤 지워져 나간 프레스코 벽화…….

두 어린 친구는 웃지 않았다. 둘의 사진은 내가 러시아에서
찍어 온 수백 장의 인물 사진 가운데 미소가 담기지 않은
유일한 사진이다. 그날 햇빛이 너무 강했던 것일 수 있다.
아니면, 자기들 방식으로 웃고 있는 것인지도 모른다.
세상에, 웃지 않는 러시아인이라니……. 하지만 옴스크의
빈민가를 배경으로 한 이 미소 없는 사진은, 바로 그래서
이번 여행에서 가장 독특하고 사랑스러운 사진이 되었다.

» 우유 통을 끌고 가는 모자

옴스크의 빈민가에서는, 그 뒤로는 다시 볼 수 없어 지금도
각별히 기억나는 몇몇 순간이 있다. 웃지 않는 아이들이
그랬고, 핏빛으로 물들어 가는 황혼도, 차를 타고 와 현금과
비닐봉지를 맞바꾸던 이들이 그랬다. 사진 찍을 만한 것을
찾아 두리번거리다 눈에 띈, 우유 통을 끌고 가는 모자도
그랬다.

어머니와 아들로 보이는 두 사람이 은색 통을 절그럭거리며
바삐 길을 가고 있었다. 은색 통을 보자마자 내가 어렸을 때
「플란다스의 개」에서 봤던 우유 통이 떠올랐다. 텔레비전
만화 영화에서 보던 우유 통을 시베리아에서 보다니…….
하지만 저 순간이 기억에 남은 건 우유 통 때문만은
아니었다. 차도와 인도가 구별도 되어 있지 않은 비포장
길을, 어쩌면 아이가 학교에 있어야 할 평일 오전에, 망가진
게 아닌가 싶은 찌그러진 우유 통을 끌고 가던 모습이,
빈민가의 한풀 주저앉은 듯한 풍경과 「플란다스의 개」의
애절한 이야기에 오버랩되면서 뭐랄까 야릇한 슬픔 같은
이물질이 되어 가라앉았다.

지금 검색을 해보니, 신기하게도 저 비슷하게 생긴
「플란다스의 개」 우유 통을 국내 사이트에서 인테리어
소품으로 팔고 있다. 하지만 모자에겐 생활에 필요한,

용도가 있는 물건이었을 것이다. 우유 통을 끄는 모자를
마주친 순간은, 눈에 띄자마자 셔터를 누르지 않았다면
영영 놓쳐 버리고 말았을, 두 번 오지 않을 순간이었다.

» 거리 사진가의 윤리

나야 그저 취미지만, 이렇게 길거리를 다니며 순간을 담는
사진을 스냅 사진, 혹은 거리 사진이라고 한다. 나름의
역사도 있고 미학도 있다. 존 퓰츠의 『사진에 나타난
몸』에는 이런 설명이 나온다.

> 위노 그랜드와 프리들랜더는 (……) 주제를 찾기 위해 온
> 도시의 거리를 헤매고 다녔다. 거리 사진가들은 (……)
> 카메라의 수평을 맞출 겨를도 없이 순간을 포착해 내면서
> 〈본다는 것〉을 한 단계 끌어올렸다. 그들은 (……) 그들이
> 본 바로 그 순간의 장면을 붙잡으려 했다. (……)
> 1960년대 미학에서 거리 사진을 예술로 인정한 것은
> 이러한 시대상의 반영으로써 몸이 갖는 최고의 경험으로
> 비쳐졌다.[17]

거리 사진에는 역사와 미학뿐 아니라, 나름의 윤리도 있다.
셔터에 손가락 끝을 얹는 매 순간마다 사진가는, 눌러도 되는
순간인지 아닌지 판단을 내려야 한다. 그런 판단의 하나가
다른 사람의 불행에 카메라를 들이밀지 말라는 것이다.
타인의 불행을 구경거리로 삼아서는 안 된다는 기준은
오래된 것이다. 현대 여행 가이드북의 원조로 알려진 칼

시베리아 횡단 열차

베데커는 이미 20세기 초에 관광객들의 행동에 기준을
세웠다. 사전에 예약을 하고, 시끄럽게 굴지 말고, 모욕적인
말을 삼가고 등등에 〈여행자들은 거지 사진을 찍어서는
절대로 안 된다〉[18]는 주의도 들어 있었다.

작가들은 베데커의 주의가 있기 훨씬 전부터 특별한 까닭이
있지 않는 한 남의 불행을 작품의 소재로 담지 않았다. 예술
이전의 보편적 윤리라는 것이 있기 때문이다. 실제로 거리
사진을 찍으러 다녀 본 사람은 이 말을 이해할 것이다. 어느
나라, 어느 거리에나 있는 걸인을 보고 호기심에서
충동적으로 카메라를 들었다가도 셔터에서 손가락을 떼게
된다. 누군가의 불행은, 내 불행이 그런 것처럼 구경거리가
되어서는 안 된다는 판단이 순간 들기 때문이다.

나 역시 어디에서든 거리의 병자나 걸인 같은 비참하고
절망적인 상황은 사진에 담지 않는다. 다큐멘터리나 사회
고발 같은 뚜렷한 목적이 있지 않는 한 타인의 불행을
소재로 삼아선 안 된다. 만약 타인의 불행이 자꾸 눈에 띄고
사진을 찍어 SNS에 올리고 싶다면, 롤랑 바르트의 통찰처럼
자신이 그저 관광객에 불과함을 상기해 보자.

〈관광객이라는 신분 덕택으로 우리는 이해하지 않고 바라볼
수 있고, 정치적 현실에 관심을 갖지 않고 여행할 수 있〉다.
그 신분을 넘어서고 싶다면, 우리는 기꺼이 양심과 책임의
문제와 마주서야 한다.

성당에서 사진을 찍을 땐 허락을 받아야 한다. 러시아의
성당에서는 누군가가 늘 예배당을 지키고 있다. 들어가면
일단 눈이 마주칠 것이기 때문에 경비원이 누군지는
알아보기 쉽다. 그러면 허락을 구하면 된다.
성당의 신부들은 대개 사진 찍히는 걸 달가워하지 않지만,
옴스크의 우스펜스키 성당에서는 달랐다. 레닌 거리에 있는
이 아름다운 성당 마당에서 카메라를 들고 있으니
관리인으로 보이는 사람이 다가와 예배당으로 데려갔다.
그러고는 신도와 이야기를 나누고 있는 신부를 가리키며
사진을 찍으라고 했다. 신부가 그러라고 한 모양이었다.
첫 번째 사진은 그렇게 편한 분위기에서 찍은 것이다.
허락이 있긴 했지만 나는 평소처럼 멀찌감치 떨어져서 줌을
당겨 찍었다. 나는 길거리에서도 인물과 4미터, 5미터
거리를 두고 사진을 찍는다. 사진을 찍어도 되냐고 물을
때도 4미터 안쪽으로는 다가가지 않는다. 충분히 거리를
두고 허락을 구한다.
낯선 사람들끼리 심리적인 안정을 해치지 않는 거리가 있다.
보통 서로 팔을 활짝 펼쳐서 손끝이 닿을 거리라는데, 내
경험으로는 사람들이 웃는 낯으로 촬영을 허락해 주는
거리다. 3미터 안쪽으로 다가가면, 일단 표정에서 미소가

사라지고 경계하는 낯빛이 뜬다. 가까이 다가갈수록 거절당하는 일도 늘어난다. 이번 여행에 표준 줌 렌즈를 새로 장만해 가져간 것도 그 거리를 지키기 위해서다. 두 번째 사진처럼 가까이에서 마주 보고 찍은 듯한 사진도 대개는 4미터, 5미터 멀리에서 줌을 당겨 찍은 것들이다. 언젠가 내 스냅 사진들을 보고 〈뭐라고 하기에 저런 포즈를 취해 주나요?〉 하고 물어 온 분이 있었다. 난 뭐라고 하지 않는다. 다만 상대가 불안해하지 않을 만큼 충분히 떨어져서 한껏 미소를 지어 보일 뿐이다. 카메라를 가까이 들이밀면 사람은 겁을 내고 화를 낸다.

상대가 언짢아하지 않고 미소를 짓는 사진을 찍기 위해 내가 지키는 원칙들이다.

1. 심리적 안전거리를 유지한다. 4미터 이상.
2. 그래서 줌 렌즈는 필수다.
3. 사진을 찍어도 되느냐고 물을 때도 4미터 이상 떨어져서 묻는다.
4. 셔터를 두 번 이상 누르면 상대의 표정에서 웃음기가 사라지고 겁을 내거나 화를 내기 시작한다.
5. 분명한 목적이 있지 않는 한 비참하고 절망적인 상황에 놓인 이들은 찍지 않는다.

시베리아 횡단 열차

» 값싸지만 잘 알려지지 않은 팁

시베리아 횡단 열차의 시작과 끝은 모스크바와
블라디보스토크이다. 두 도시 사이의 거리가 9천
2백88킬로미터이고, 횡단 시간은 일주일에서 한두 시간
빠진다. 횡단 열차의 예매는 우리의 KTX만큼이나
편리하다……. 이런 정보는 가이드북과 인터넷에 널렸다.
그래서 나는 내가 찾아봤던 책과 블로그들에서 얻을 수
없었던 팁을 떠올려 본다. 내 팁들은 값을 매길 수 없을 만치
싸지만 쉽게 볼 수 있는 팁들은 아니다.

객실: 나는 2등과 3등 열차를 탔다. 횡단 열차는 침대차로만
구성되어 있다. 남녀 구분이 없고, 그 밖에 열차의 모든
시설이 남녀 공용이다. 3등차는 값이 싸지만 복도에까지
2층 침대가 설치되어 있고, 칸막이 없이 모두 개방되어
있다. 그래서 침대에 누워 눈을 뜨고 있으면 지나는
사람들과 일일이 눈을 맞추게 된다. 내가 처음 탄 열차가
3등차였는데 어떻게 여권 지갑과 비싼 카메라가 든 가방을
두고 잠을 잘 수 있었는지 지금도 신기하다.
침대는 아래층이 위층보다 크게는 몇 만 원 더 비싸다.
아래층과 위층이 어째서 가격 차이가 그렇게 나는지
타보고서야 알았다. 위층으로 올라갈 때는 신발을 벗어

놓고 쇠막대로 된 발판을 딛고 올라가야 한다. 발판은 몸이
가볍고 날랜 젊은이가 아니면 오르내리기가 어렵다. 그래서
살집이 있는 러시아인들은 하나같이 아래층 침대를
이용하고 있었다.

뿌연 유리창: 시베리아 횡단 열차를 타며 했던 기대 하나는
달리는 열차 창밖으로 펼쳐지는 광활한 시베리아의 설원을
실컷 구경할 수 있으리라는 것이었다. 하지만 기후
온난화로 눈은 내리지 않았고, 유리창은 얼룩과 먼지가

시 베 리 아 횡 단 열 차

더께로 앉아 바깥 풍경을 즐길 수가 없었다. 일주일 내내
쉬지 않고 달리는 장거리 열차니 먼지를 닦아 낼 틈이 없을
것이다. 그러니 열차에서 내가 한 일은 푹 자는 것과 책을
읽는 일 정도였다.

하지만 눈도 안 내리고 유리창은 뿌예도, 창밖 시베리아의
풍경은 동북아시아의 풍경과는 전혀 다른 것이었고, 잠깐씩
내다볼 때마다 감탄이 절로 나오게 되는 풍경들이었다. 그
풍경에 얼이 빠지는 것은 러시아인들도 마찬가지였다.
복도로 나가 보면 러시아인들이 뿌연 유리창 너머로 시선을
두고는 하염없이 바라보고 있었다. 제 나라의 풍경인데도
말이다.

러시아인들을 위한 열차: 시베리아 횡단 열차는 외국인의
관광용이 아니라, 러시아인들의 장거리 이동용 열차다.
시베리아는 한 도시에서 다른 도시로 볼일을 보러 가는
데에도 하루 밤낮의 시간이 걸린다. 그래서
러시아인들에게는 횡단 열차가 필요하다.

(비수기여서 그랬을 수도 있지만) 나는 횡단 열차를 여덟
번을 탔는데 외국인 관광객과 한 객실에 탔던 건 딱 한
번뿐이었다. 여행의 막바지에 베트남계 호주인 남매와 한
객실에 탔다. 나머지는 모두 러시아인들이었다. 승무원들도
외국인을, 특히 동양인 관광객을 많이 대해 본 눈치가

아니다. 대부분의 승무원이 신기하다는 듯이 눈을 반짝인다.

질리지 않게 시베리아 횡단 열차 타는 법: 일주일을 쭉 가는
여정은 고역일 수도 있다. 지루할 때 보려고 담아 간 영화
파일들도 하루 이틀이면 동이 날 것이고, 뚝뚝 끊기는
모바일 인터넷 때문에 유튜브 보기도 힘들 것이다. 샤워도
할 수 없고, 2층 침대에서 오르내리기 귀찮아 화장실 가는
것도 꾹 참게 된다.
나는 중간 기착지에 띄엄띄엄 내려 하루 이틀씩 묵고 가는
방법을 추천한다. 시베리아 횡단 열차는 노선이 여럿이고
구글 맵에 큰 글씨로 뜨는 도시면 대개 열차가 선다.

친절: 처음 열차를 탔을 때 침대 시트를 어떻게 깔아야
하는지 일일이 가르쳐 준 건 건너편 침대의 러시아
청년이었다(횡단 열차에서는 침대 시트를 직접 깔아야 하고
내릴 땐 벗겨서 반납해야 한다). 식사거리를 가지고 2층으로
올라가려고 하면 아래층의 러시아인이 테이블을 펴주면서
여기서 먹으라고 자리를 비켜 준다(나중에야 원래 그렇게
하는 것임을 알았다). 횡단 열차에서는 러시아인들의
습속을 아주 가까운 거리에서 관찰할 수 있다(이를테면
우리가 열차에서 삶은 달걀을 까먹듯이 그들은 해바라기
씨앗을 까먹는다). 러시아인과 러시아의 자연을 가까운

거리에서 관찰하고 겪어 보고 싶다면 시베리아 횡단 열차는
괜찮은 방법이다.

역무원들도 친절하다. 옴스크를 떠날 때 전광판에 출발
플랫폼이 뜨지 않아 역무원에게 물어봤다. 역무원은 아직
시간이 되지 않았다며 승객 대기실로 안내해 주곤
기다리라고 했다. 그러고 시간이 지나 전광판에 플랫폼이
뜨자 대기실로 그 역무원이 날 데리러 왔다. 이 비슷한
친절을 몇 번 겪다 보면 나중엔 안전에 대한 조심성까지
사라진다.

» 이탈리아를 조심하세요

시베리아 횡단 열차에서 만난 옴스크 청년은 경찰이 장래
희망이었다. 격투기 대회에 출전하고 고향인 시베리아의
옴스크로 돌아가던 그는 챔피언이 될 꿈에 부풀어 있었다.
격투기 대회에서 우승을 하면 경찰이 되기가 쉬운
모양이었다. 그는 휴대폰에서 아내와 아들의 사진을 열어
보여 주며, 경찰이 될 꿈을 이야기하는 데 많은 공을 들였다.
『좋은 여행, 나쁜 여행, 이상한 여행』에는 세계적인 여행
작가들이 여행지에서 당한 범죄들에 대한 이야기들도 들어
있다. 이 여행의 베테랑들이 호주머니를 가장 많이 털린
나라가 이탈리아다. 한 작가는 바티칸에서까지 강도를
당했다.
우리는 경찰이 많고 경찰의 권한이 강한 나라를 나쁜
의미에서 〈경찰 국가〉라고 부른다. 하지만 여행자의
입장에서 거리에 경찰이 많다는 것은 희소식이다. 나는
러시아에서 소매치기나 강도를 당하거나, 그럴 것 같다는
낌새라도 느낀 적이 한 번도 없었다. 아마도
상트페테르부르크에서는 인종 차별의 시선을 종종 느끼게
될 것이고 무례한 상점 직원과 식당 종업원을 만나기도 할
것이다. 서유럽과 닮은 그 도시에서는 그저 길을 가다가도
〈우리 집에 왜 왔니?〉 하는 투의 사나운 시선을 마주칠 때가

있다. 하지만 인간은 원래 자신과 다르게 생긴 외지인을
경계하기 마련이다.

여행은, 세계 어디를 가든 사람 사는 건 다 똑같다는 것을
항상 염두에 두어 지킬 것은 반드시 지키면서, 자신이 결코
이해하거나 익숙해질 수 없는 것들도 일부 있으리라는
사실에 마음을 활짝 열어 놓고 있으면, 어느 정도는 잘해 낼
수 있다.

» 시베리아의 시나고그

크라스노야르스크에서 걷고 있는데 횡단보도 건너편에서
한 여성이 날 불러 세웠다. 신호가 켜지자 그녀는
잰걸음으로 건너와 러시아어로 말을 걸면서 한 팔을 뻗어
저편 어딘가를 가리켰다. 이미 여러 번 겪어 본 일인데,
대부분의 러시아인은 외국인이 러시아어를 알아듣는지
여부에는 그다지 신경 쓰지 않고 말을 건넨다. 한마디도 못
알아듣는 외국인을 세워 놓고는, 친근한 표정과 목소리로
제 하고픈 말을 다한다. 외국인이 분명한 낯선 이에게도
거리낌 없이 다가와 말을 걸고 수다를 떤다. 어제도 스톨비
자연 공원이 있는 산에 올랐다가 두 러시아인의 수다를
한참 들어 줬다. 같은 일을 열 번쯤 겪다 보면 함께 친근한
표정을 지으며 알아듣는 척을 하게 되고 실제로도 약간은
알아듣게 되기도 한다.
나를 불러 세운 여성의 말 가운데 〈시나고그〉라는 단어를
알아들을 수 있었다. 유대교 회당이라는 뜻인데, 도대체
내가 그 단어를 어떻게 알고 있었는지 의문이다. 여성은
〈시나고그, 시나고그〉를 반복하며 도로 저편과 내 카메라를
번갈아 가리켰다. 나는 〈아!〉 하고 고개를 끄덕였다. 내가
고맙다고 하고는 그쪽으로 걸음을 옮기자 그제야 그녀는
흡족하게 미소를 지었다.

여성이 가리킨 곳에는 1911년에 지어졌다는 러시아어
명판이 달린 오래된 건물이 서 있었다. 시베리아를 다니면
이따금 길에서 불러 세우고는 사진 찍을 만한 곳을 가르쳐
주는 러시아인들을 만나게 된다. 자신들의 멋진 도시를
외국에서도 알아주었으면 하는 바람이었을 것이다.
이름난 유적이나 자연 경관 같은 스펙터클이 없어도
시베리아의 도시들은 충분히 아름답고 볼 만하다.
이국에서는 그 이국적 정경 자체가 볼거리다.
크라스노야르스크는 분지형의 도시인데, 도심 북쪽의
민둥민둥한 언덕을 올라가면 동화 속 세계처럼 예쁘게
꾸며진 포크롭스키 공원이 펼쳐진다. 공원의 장난감 같은
성당 앞에는 도시 전체가 내려다보이는 전망대도 있다.
누런 언덕 위로 성당 쿠폴이 살짝 보이기에 뭐가 있을까
올랐다가 우연히 알게 된 공원이었다. 볼거리가 없는
도시는 없다. 그저 찾지 못했을 뿐이다.

» 정신적인 인간

시베리아 횡단 열차를 타고 모스크바에서 동쪽의
이르쿠츠크를 향해 가다 보면, 풍경에 그러데이션이 지는
것처럼 많은 것이 차츰 변해 간다. 인종도 그렇다.
크라스노야르스크의 기차역을 빠져나오자마자 만났던 그
청년들은, 동양인 같은데 체격이 크고 넓적한 얼굴에
콧등이 높았다. 시린 시베리아 바람에도 반팔 티셔츠,
반바지, 슬리퍼 차림으로 큰 소리로 떠들며 기차역 광장을
서성이던 청년들을 보며 순간 움찔했던 기억이 난다.
니콜라이 체르니셉스키의 『무엇을 할 것인가』에 보면
러시아는 민족이 워낙 다양해서 흰 피부에 금발, 회색
눈동자를 지닌 백인들만이 다가 아니라고 설명하는 대목이
나온다. 10세기에 터키에서 올라온 타타르인이 진정한
러시아인이라는 언급도 있다.
도스토옙스키는 『까라마조프 씨네 형제들』에서 러시아인의
정신과 영혼을 말한다. 그가 보기에 〈진정한 러시아인들은
철학자들이기 때문〉[19]이다. 이 정신적인 러시아인들은
세속적 가치에는 관심이 없다. 〈러시아의 모든 젊은이들은
오로지 영구적인 문제에 대해서 떠들고〉[20] 있다.
그리스인 니코스 카잔차키스가 보기에도 러시아인들은
정신적인 사람들이다. 유럽인들은 러시아인들을 이해하지

못한다. 〈합리적인 유럽인들과 달리, 러시아인들은
모순들을 자기 안에서 화해시키는 본래적인 재능이 있다.
추론을 좋아하는 유럽인들은 죽어도 그런 모순을
화해시키지 못한다. (……) 러시아인들은 영혼을 다른
무엇보다 우위에 놓는다.〉[21]
어쩌면 소비에트에서 고집했던 것도 (공산주의만이
아니라) 러시아의 정신을 추구하는 전통이었는지도 모른다.
알렉세이 유르착에 의하면 소비에트의 교육은 〈비물질적
가치〉를 가르쳤고, 소비에트 사람들은 돈을 경멸하고
수치스럽게 봤다. 「솔직히 말해 동아리에 속한 그 누구도
돈을 버는 일에 집중하지 않았어요. 그 시절에는 그럴
필요가 없었죠.」[22]
내가 러시아인들의 영혼을 본 것은 아니지만, 나 역시
서유럽의 백인들과 러시아인들이 다르다고 느꼈다. 뭐가
다른지 말하긴 어렵지만.

시베리아 횡단 열차

» 시베리아 횡단 열차 로망

러시아에 오기 전에 한 편집자와 〈어째서 우리나라
사람들은 시베리아 횡단 열차에 로망을 갖고 있을까?〉 하고
이야기를 나눈 적이 있었다. 중국, 일본에 대해서라면
역사적으로 인연이 많으니 로망이 있을 수 있다. 하지만
러시아, 시베리아 횡단 열차라니?
내게 그런 로망이 있다는 걸 알게 된 건 2014년쯤에 한
시인에게서 횡단 열차 경험담을 들으면서였다. 이야기를
듣는 내내, 내 머릿속으로 시베리아의 설원과 시린 바람,
검은 몸통의 열차 같은 것들이 휙휙 지나갔다. 모피 모자
샤프카, 러시아식 주전자 사모바르도 떠올랐다. 오래전부터
나도 열차를 타고 시베리아를 가로지르고 싶어 했음을
기억해 냈다.
하지만 어떻게 그런 로망이 내 안에 있게 됐는지는 알 수
없었다. 출국 전에 이야기를 나눈 편집자도 횡단 열차에
대한 로망이 있었다. 하지만 그도 어째서 그런 로망을 품게
되었는지 설명하기 어려워했다. 모스크바에서 만난 한국어
강사 한 분도, 어째서 한국인들이 횡단 열차를 타고 싶어
하는지 모를 일이라고 고개를 저었다.
여러모로 기대와 달랐던 시베리아 여행이었다. 기후가 변해
10월엔 눈 구경이 힘들었고, 열차는 증기 기관이 아니었다.

150

검은색이 아니라 빨간색이었고, 현대의 러시아 남성들은
메호바야 샤프카를 쓰지 않았다. 11월 모스크바에서
샤프카를 쓴 근엄한 러시아인을 딱 한 번 봤는데, 그의 모피
코트엔 러시아 군대의 훈장들이 주렁주렁 달려 있었다.
사모바르만은 남아 있어서, 열차의 승무원 칸에 가면
뜨거운 식수를 24시간 얻을 수 있다.

우리나라 사람들은 어째서 시베리아 횡단 열차에 대한
로망을 갖고 있을까. 이제는 뭔가 종교의 기원을 묻는
질문같이 들리기도 하는데, 실제로 열차를 타봤고
시베리아에 가봤으니 이런저런 의견을 내볼 수는 있다.
일단 어렸을 때 세계 전도에서 한반도 위에 달린 유라시아
대륙의 크기를 보고 말문이 막혔던 사람들이 가지는,
거대한 땅덩어리에 대한 로망이 있을 수 있다.

눈은 우리나라에도 (한때나마) 곧잘 왔으니 눈에 대한
로망은 없겠지만, 시베리아의 평원과 검은 침엽수림을
뒤덮은 폭설에 대한 로망은 부정할 수 없다. 그 로망이란
끝없이 펼쳐진 설원에 대한 미적 동경이다.

풍요로운 자연환경에 대한 부러움도 있을 수 있다.
한반도는 기름지고 비옥한 자연환경은 아니다. 내가
시베리아를 다니며 본 러시아의 토양은 대체로
검은흙이었다. 모스크바 시민 공원의 파헤쳐진 흙도 검었고,
시베리아 강변의 습지 흙도 검었다. 흑토는 부식질이 많이

들어 있어 기름진 흙이라고 알려져 있다. 그 흑토가
시베리아의 울창한 타이가 밀림을 길러 냈다.

한편, 사회주의 혁명을 이룬 종주국에 대한 로망이 있을
수도 있다. 1990년대 마르크스주의가 대중화되면서, 특히
당시 대학을 다녔던 젊은이들에게는 소비에트의
사회주의를 우리의 잃어버린 꿈처럼 여기는 흐름이 있었다.
냉전의 끝물이라 이렇다 할 실질적 접촉도 없었을 텐데, 막
사회주의를 공부하며 혁명을 꿈꾸던 젊은이들에게,
소비에트가 가진 사회주의 종주국으로서의 위상은
매력적이었을 것이다. 하지만 아이러니하게도 소비에트는
이미 붕괴된 때였으니, 당시 나를 포함한 지금의
중장년층은 이미 저문 해의 잔광을 좇았던 것이라고 할 수
있다.

그리고 내가 농담처럼 덧붙이는 다른 로망도 있다. 우리
민족이 한반도에 정착하기 전에 거쳐 온 땅에 대한 원형질
같은 향수에서 기인한 로망이다. 여행이라는 개념조차
없었을 고대에 시베리아를 거쳐 한반도에 도착한 우리
조상으로부터 물려받은 기억이 우리에게 있을지도 모른다.
시베리아 도시들 가운데 옴스크와 노보시비르스크는
기차역 광장으로 나서자마자 〈여기가 시베리아구나〉 하는
느낌이 확 들었던 도시였다. 옴스크는 19세기에 시베리아
유형지로 이름난 오지였다. 지금은 매캐한 공기가 느껴지고

저물 녘이면 대기의 불순물로 하늘이 붉게 물드는 공업 도시가 됐다. 노보시비르스크는 시베리아 한가운데 있는 러시아에서 세 번째로 큰 대도시다. 그러니 둘 다, 관광객이 눈으로 확인할 만한 시베리아의 자연 같은 것은 보이지 않는다.

하지만 기차역에서 내려 버스 정류장으로 가 버스를 기다리면서, 나는 뼛속까지 불어 드는 시린 바람 속에서 여기가 시베리아구나, 하고 실감을 했었다. 시내 한복판에 서 있는데도, 내 뺨을 긁고 지나가는 바람에서는 내가 한 번도 가본 적이 없는 시베리아 벌판의 황량한 느낌이 전해졌다.

나는 그 황량한 느낌이 시베리아의 것이라는 사실을 어떻게 알고 느꼈을까.

시베리아 도시들 가운데 옴스크와 노보시비르스크는
기차역 광장으로 나서자마자 〈여기가 시베리아구나〉
하는 느낌이 확 들었던 도시였다.

시 베 리 아 횡 단 열 차

» 이르쿠츠크

이르쿠츠크는 바이칼 호수에 가벼운 실망을 느낀 이들에겐
더 나은 관광지일 수 있다. 길거리에서 동양인 관광객과
마주친 하나뿐인 시베리아의 도시이기도 하다.
이르쿠츠크는 목조 주택들이 늘어선 고풍스런 거리와
멀티플렉스와 카페들이 분위기를 내는 현대적인 거리가
뒤섞여 있어, 그저 걷고 있기만 해도 눈이 호강하는
기분이다. 거리 곳곳에서는 기묘한 형상과 색채로 이뤄진
벽화들을 볼 수 있다. 중앙 시장을 둘러보고 길을 건너면
우리츠코보 거리가 나온다. 널찍한 차 없는 쇼핑가로,
시베리아의 센 바람에 색이 날아간 듯 부드러운 파스텔
색조의 이국적인 건물들이 인상적이다. 카잔 성당도
빼놓으면 아쉽다. 온통 황금으로 장식된 내부도 황홀하지만,
성당 외벽 전체가 빨갛게 칠해져 있어 비루한 변두리 풍경
속에 갑자기 우뚝 솟은 환영 같은 느낌이 든다.

시베리아 횡단 열차

» 나는 고생만 했어요

리스트뱐카는 시베리아까지 와서 바이칼 호수를 빼놓을 수
없다는 생각에 여정에 넣었다가 즐겁기보다는 고생을 더 한
곳. 이르쿠츠크에서 리스트뱐카로 가는 길의 시베리아 숲
풍경은 감탄스러웠지만 호텔을 잘못 잡아 첫 단추부터 잘못
끼웠다. 리스트뱐카는 바이칼 호수를 끼고 있는 마을이고,
호숫가를 따라 항구 주변 좁다란 지역에 호텔과 상가가
늘어서 있다. 그리고 그 뒤를 울창한 숲으로 빽빽한 산이
둘러싸고 있다.

문제는 가이드북에도, 호텔 예약 사이트에도 이 산
이야기가 없다는 것. 그래서 구글 맵만 보고 평지로 생각해
안쪽으로 들어간 곳의 호텔을 예약하면, 나처럼 캐리어를
끌고 등산을 해야 하는 불상사를 겪게 된다. 게다가
호숫가를 벗어나면 모바일 인터넷도 잘 터지지 않아 길을
잃기 십상이다. 리스트뱐카의 산속 지리는 구글 맵에도
틀리게 표시된다.

내가 산속에서 길을 잃고 허둥지둥 당황하고 있으니까,
등산하던 한 가족이 말을 걸어 왔다. 그러고는 내가 다른
길로 올라왔으며, 내가 찾는 호텔은 산등성이 너머에
있다고 가르쳐 줬다. 내가 황당해하자 남성이 내 휴대폰을
달라고 했다. 그러고는 수고스럽게도, 러시아 현지인들이

쓰는 러시아 앱을 하나 다운받아 깔아 줬다. 그 앱의
지도에는 내가 찾는 호텔로 올라가는 길이 정확히 떴다. 이
친절하고 사랑스러운 러시아인 가족이 없었다면 나는 그날,
호숫가에 새 숙소를 얻었거나 일정을 포기하고
이르쿠츠크로 돌아갔거나 산속에서 큰일을 당했을 수도
있었다. 가족의 사진을 찍어 두지 못한 게 지금도 아쉬운데,
바이칼 호숫가에서 만난 연인들 사진은 있다.

리스트뱐카는 버스가 없고 택시도 보기 어렵다. 캐리어를
끌고 터덜터덜(진짜 이런 소리가 났다) 산을 내려가는데
다행히 빈 택시를 만나, 산등성이 하나를 빙 돌아 호텔을
찾을 수 있었다. 하지만 역시 호텔도 문제. 비수기라 호텔

매니저는 없고, 관리를 하는 듯한 부부만 남아 있었다.

체크인을 하려니 알아듣지 못했다. 그가 매니저에게 전화를 하는데 산속이라 휴대폰이 잘 터지지 않아 또 한참을 기다려야 했다.

리스트뱐카에서 원치 않은 등산을 하고 싶지 않다면, 호숫가 항구에 자리한 숙소를 잡든가 한 시간 거리인 이르쿠츠크에서 오가야 한다.

» 장갑 잃어버렸던 일

10월 중순이라 해가 빨리 졌다. 첫날, 이 사실을 생각 못
하고 오후 늦게 호텔로 돌아오다가 산길 중간에서 캄캄한
밤을 맞았다. 오전에 봤던 호텔이 아무리 길을 올라도
나오질 않았다. 산속이라 맵이 내 위치를 정확히 잡아내지
못했다. 리스트뱐카의 산길엔 가로등도 없다. 이때가 내가
러시아에 있으면서 딱 한 번 공포를 느꼈던 시간이었다.
나는 주변 집과 호텔들에서 흘러나오는 흐릿한 불빛에
의지해, 진땀을 흘리며 이 길로도 갔다가 저 길로도 갔다가
한참을 헤매고서야 겨우 호텔을 찾아서는 문을 두드렸다.
방에 들어가 옷을 벗는데 장갑 한 짝이 주머니에 없었다.
카메라 셔터 버튼을 누를 수 있게끔 손가락만 벗을 수 있게
짠 털장갑이었고 선물로 받은 것인 데다, 날이 추워서
버리기 아까운 장갑이었다. 나는 옷을 도로 입고 호텔
정원과, 내가 헤맸던 산길을 다시 오르내리며 어디선가
흘렸을 장갑을 또 한참 찾았다.
장갑은 아침 일찍 다시 나가 찾았다. 호텔 위쪽 길 한가운데
떨어져 있었다. 아마 휴대폰을 켜느라 장갑을 벗다가 흘린
모양이었다. 이 장갑이 없었다면 손이 시리다는 핑계로 참
많은 순간을 흘려 버렸을 것이다.

» 탈치

바이칼 호수가 얼어붙는 성수기에 왔거나 리스트뱐카에서
그 유명한 환바이칼 열차를 탔더라면, 이 자그마한 호숫가
동네에 좋은 기억만 가지고 떠났을 수도 있었다. 아쉽게도
환바이칼 열차를 놓쳤다면, 탈치 박물관을 들르면 좋다.
앙가라강을 끼고 자작나무 숲에 둘러싸인 탈치는, 우리
민속촌처럼 17세기 시베리아 시골의 모습을 보존해 놓은
곳이다. 아메리카 인디언들의 티피처럼 생긴 나무껍질로
만든 텐트나, 아마도 조장을 할 때 쓴 듯한 장례 시설도 남아
있다. 시베리아에 정착한 러시아인들이 세운 성채와 러시아
정교의 목조 교회도 놀랍다. 산뜻한 마음으로 한나절
산책하기 좋은 곳.
체르스키 전망대도 괜찮다. 전망대에 올라도 바이칼 호수의
일부만 볼 수 있을 뿐이고 그마저도 그리 아름답지 않으니
실망스러울 수는 있어도, 전망대까지 올라가는 기나긴
리프트는 타볼 만하다. 살면서 그렇게 길고 아슬아슬하고
즐거운 리프트는 처음이었다.
체르스키 전망대에서 내려와 호수를 끼고 항구까지 천천히
걸어가는 것도 좋다. 파란 호수 너머로 보이는 흰머리
산맥들이, 시간에 따라 화선지에 먹이 번져 나가듯 서서히
변해 가는 모습은 어디서도 다시 보기 힘들지 않을까.

우리 국립 현대 미술관도 그렇지만 러시아의 미술관들도
나이가 지긋한 분들이 전시실을 지키고 있다. 특히
시베리아 도시들의 미술관들엔, 백발에 등이 굽은
할머니들이 눈을 반짝이며 전시실 귀퉁이마다 앉아 있다.
이르쿠츠크의 수카초프 미술관은 상트페테르부르크나
모스크바의 국립 미술관 못지않은 수준 높은 러시아 회화
작품들을 만날 수 있는 곳. 이곳엔 일리야 레핀이 그린
「소녀 어부」도 있다.

수카초프 미술관 2층을 돌다 사진을 찍으려고 카메라를
들었는데, 할머니 한 분이 다가와 위엄이 서린 표정으로
말을 걸었다. 말투에서도 뭔가 진지한 느낌이 들었다.
러시아어를 못 한다고 몇 차례 말했는데도 할머니는 계속
러시아어로 설명을 했다. 나는 지나가던 젊은 러시아
커플을 붙들고 이분이 무슨 말씀을 하시는 거냐고 도움을
청했다. 하지만 커플도 영어를 못 하는지, 할머니와 똑같이
러시아어로 뭔가를 계속 설명했다. 한참을 그러고 있으니
어느새 그 층을 지키는 다른 할머니들이 느린 걸음으로
다가와 내 주변에 둘러서고 있었다.

이윽고 모든 할머니들이 러시아어로 참견을 하기 시작했다.
영어는 한마디도 들리지 않는 가운데, 할머니 한 분이 손을

들어 엄지와 검지로 동그라미를 만들어 보였다. 나는
그제야 고개를 끄덕이며 〈머니?〉 하고 조그맣게 물었다.
그러자 처음 할머니가 러시아말로 또다시 말을 건네며 내
카메라를 가리켰다.

러시아의 미술관 중에는 입장료와 별도로, 사진 찍는
요금을 따로 받는 경우가 있다. 매표소에서 그런 푯말을 본
듯했다. 작품 사진을 찍고 싶으면 표를 끊으라는 것이었다.
나는 알겠다고 하고는 매표소가 있는 1층으로 내려왔다.
그러다 이상한 느낌에 돌아보니, 처음 할머니가 불편한
걸음으로 내 뒤를 쫓아 계단을 내려오고 있었다. 매표소
앞에 서서 다시 돌아보니 할머니가 계단 끝에서 거기야,
거기, 어서 네 할 일을 해, 하는 엄한 표정으로 눈을
반짝이고 있었다.

시베리아의 미술관들을 지키는 안내원들은 그냥 나이
지긋한 은퇴자들이 아니다. 어떻게 봐도 일흔은 좋이 넘은
할머니들이다. 걸음은 느리고, 눈은 어둡고, 좀처럼 철제
의자에서 일어날 줄을 모른다. 하지만 미술관 지도를 펼쳐
들고 가고 싶은 전시실을 가리키면, 미술관이 그들 자신의
집이라도 되는 듯이, 정확하게 안내를 해준다.

사진은 이르쿠츠크의 전몰 희생자들을 기리는 광장에서
제식 훈련 중이던 청년들. 네이버 영어 사전에 〈Eternal
Flame〉라고 입력하면 〈베츠느이 아곤〉이라고 뜨고 〈러시아

이르쿠츠크주에 있는 시베리아 무명 용사를 기리기 위한

시설〉이라는 설명이 나온다.

» 뭘 봐야 할지 모를 때 내가 하는 일

바이칼 호수를 보고 나는 다시 모스크바로 돌아가는 기차를
탔다. 상행 길에 들른 노보시비르스크에 눈이 왔다.
러시아에 와서 처음 보는 눈이니 신이 나지 않을 수 없었다.
둘째 날 아침 일찍 나는 호텔을 나왔다. 하지만 어디를 가서
뭘 봐야 할지 알 수가 없었다. 노보시비르스크는
러시아에서 세 번째로 큰 도시고 지하철이 다니는 유일한
시베리아의 도시라고 하지만 외국인 관광객을 위한 도시는
아니다. 도시에는 오비강이라는 큰 강이 있고, 두 개의
다리가 도심의 동쪽과 서쪽을 잇고 있었다.
나는 눈 내린 시베리아 도시의 풍경도 볼 겸 두 다리를 건너
보기로 했다. 먼저 호텔과 가까운 아래쪽 다리를 건넌 다음,
도시의 저편을 돌아보다가 위쪽 다리를 건너 돌아오는
코스였다. 이것이 여행지에서 딱히 뭘 봐야 할지 모를 때
내가 하는 행동이다. 뭔가 볼 만한 게 나올 때까지 걷는 것.
그래서 실망했던 적은 없었다. 이날도 위쪽 다리를 지나며
검은 늪과 검은흙, 검은 나무들로 이뤄진 시베리아의
거대한 습지를 봤다. 높은 다리 위가 아니면 강변에 그렇게
커다란 검은 습지가 자리하고 있는지 알지 못했을 것이다.
습지를 지나자 눈에 덮여 가는 언덕바지에서, 목조
주택들이 촘촘히 들어선 낮고 어두운 빛깔의 동네와

168

마주쳤다. 옴스크에서도 봤던 서민들이 사는 주거
지역이었다. 눈의 흰빛과 대비되어 더욱 어두워 보였다.
언덕 높은 곳의 오렌지색 성당이 그나마 밝은 빛이었다.
길은 포장되지 않아 녹은 눈으로 진창이 되었고,
가로수들도 정비되지 않아 어수선하게 가지들을 뻗고
있었다. 이곳도 다리를 건너 보지 않았으면 몰랐을 곳이다.
구글 맵에는 표시되지도 않는 습지와 작은 동네였지만, 더
나은 곳을 기대할 필요가 없을 만큼 흡족한 볼거리였다.

» 미술관에서는 겉옷을 벗어 주세요

러시아에서는 겉옷을 벗어야 하는 곳이 많다. 박물관이나 극장에서도 겉옷을 벗어 맡기지 않으면 입장 불가인 곳들이 있다. 모스크바 외국어 대학교에서 강연을 할 때도 패딩을 벗으라고 권하는 걸 덥지 않다고 거절했더니 분위기가 어색해졌었다.

노보시비르스크의 국립 미술관에서도 표를 끊고 전시실로 올라가려는데, 할머니가 내 앞을 막고는 겉옷을 가리키며 벗어서 맡기라고 했다. 러시아어였지만 이번엔 어떻게 금세 알아들었다. 나는 구글 번역기까지 써가며 패딩 안에 내복뿐이라 벗기 곤란하다고 되풀이해 말했다. 그날은 날이 푸근해서 셔츠는 벗고 내복 위에 패딩을 걸치고 나갔었다. 내 서툰 영어와 러시아어가 뒤엉켜서 실랑이처럼 되었고 위층에서 내려오던 러시아인 커플이 걸음을 멈추고는 몇 발짝 떨어져서 구경하기 시작했다. 곧 중년 남성도 곁에 와 섰다. 할머니는 내가 패딩을 벗지 않자 근엄한 표정으로 매표소의 직원을 불렀다. 매표소의 직원은 내 서툰 영어를 알아듣는 표정이었다. 나는 패딩을 살짝 열어 내 검은색 내복을 보여 주었다.

매표소 직원이 할머니에게 뭐라 말하며 소리 내 웃었다. 할머니는 눈살을 찌푸렸고, 구경하던 젊은 커플과 중년 남성은 자기들끼리 히죽거리고 낄낄댔다. 미술관의 웃음거리가 되면서까지 패딩을 벗을 수 없는 이유를 설명했건만, 나는 여전히 풀려날 수가 없었다. 매표소의 여자가 큰 소리로 1층 복도에 나와 구경하던 직원에게 뭐라고 일렀다. 1층 직원이 안에 들어가 다른 직원을 불러왔다. 아마 권한이 좀 있는 관리직인 모양이었다. 그 관리직이 달려와 신중한 표정으로 매표소 직원의 설명을 들었다. 나는 다시 한번 살짝 패딩을 열어 내 검은 내복을 보여 주었다. 관리직이 소리 내 웃자 층계참에 다시 한번 웃음꽃이 피었다. 정말 나 빼곤 모두가 즐거운 듯했다. 그 관리직이 특별히 허락해 나를 올려 보내 줬다. 하지만 위층에 올라가서도 내 패딩을 가리키며 러시아어로 잔소리를 하는 할머니들이 계속 나타났다. 관람을 마치고 나가다 보니, 젊은 커플이 1층 벤치에 앉아 나를 바라보며 또 낄낄거리고 있었다.

» 미술사의 아웃사이더

이처럼 괴로운 일들을 겪곤 했지만 러시아의 미술관들은
상당히 괜찮은 곳들이다. 난방이 잘돼 있어(그래야 외투를
벗을 수 있으니까) 추위를 피할 수 있고, 서유럽의
미술관들은 물론이고 미술사 책에서도 거의 볼 수 없는
색다른 러시아 회화 작품들을 감상할 수 있고, 첫 번째
사진에서처럼 사색에 잠겨 그림을 감상하는 러시아
시민들을 많이 볼 수 있다. 대체로 우리 미술관보다
관람객이 많다.

우리나라에는 러시아 회화가 거의 알려져 있지 않다.
러시아는 근대 이전에는 유럽의 입장에서는 변방이었고,
근대에 이르러서도 주로 전쟁의 역사에나 이름을 올렸다.
19세기 후반에서 20세기 초반에 톨스토이나 도스토옙스키
같은 문인이나 차이콥스키, 칸딘스키 같은 현대 예술가들이
알려졌지만, 혁명이 일어나고 소비에트가 탄생하고 냉전이
시작되면서 다시금 시야에서 멀어졌다. 더욱이 특정한
사회주의 미학이 강요되면서 예술 전반에 위축이 일어났다.
러시아의 예술은 20세기 세계 예술의 아웃사이더가 됐다.
혁명적 이데올로기가 예술에도 필요했던 시기가 있었다.
니코스 카잔차키스는 혁명 전 암울하던 시기에 작가들이
어떤 역할을 했는지 말한다. 〈러시아 작가들은 정치 경제적

시베리아 횡단 열차

억압이 사회악의 뿌리임을 처음으로 깨달은 사람들이다.
(……) 과거 러시아에는 자유로운 정치가나 저널리스트,
사회학자 또는 심지어 교사라고 부를 만한 사람이 한 명도
없었다. 작가가 이들 모두를 대신했다. 그는 제정 러시아의
광활한 땅에서 자유를 부르짖기 위해 일어서던 유일한
목소리였다.)[23]

하지만 구체제가 무너지고 공산주의 정권이 들어서도
억압은 사라지지 않았다. 그들이 러시아 민중의 자유를
위해 부르짖었던 사상이, 카지미르 말레비치나 예브게니
자마친 같은 예술가들의 불행한 말년을 봐도 알 수 있듯,
이번엔 그들의 창작의 자유를 옭아매고 억압했다.

러시아의 미술관들은 나처럼 그림을 좋아하는 이들에게는
미지의 보물 창고 같을 것이다. 이처럼 대단한 작가들이
어째서 서유럽 미술관들의 소장품 목록이나 서양 미술사
책에 올라와 있지 않은지 의아하기도 할 것이다.

내게 특히 인상적이었던 건 러시아 회화에 등장하는
인물들의 풍부하고 사실적인 표정이었다. 서유럽에서
아르누보니 인상주의니 해서 빛과 형태를 가지고 씨름을 할
때, 러시아의 화가들은 인물의 표정을 어떻게 해야 더
생생하게 그릴지 연구를 하지 않았을까 하는 생각이 들
정도다. 인간이 얼마나 풍부한 표정을 지을 수 있는지,
얼마나 다양한 감정을 가지고 있는지 알고 싶다면 러시아

회화 작품들을 둘러보는 것이 도움이 될 수도 있다.
174~175면의 사진은 상트페테르부르크 어느 갤러리에
딸린 사무실 모습. 거리에서 내가 카메라를 가리키니
친절한 미소로 자세를 잡아 주었다.

» 예카테린부르크의 시민들이 내게 그토록 친절했던 이유

예카테린부르크에 도착한 아침은 날이 추웠다. 한 손에
우산을 들고 한 손엔 휴대폰을 들고 버스 정류장을
찾아다녔다. 기차역 앞이라 버스 노선들이 꼬여 있었다.
행인의 도움을 받았다. 그녀는 핸드백에서 메모지와 볼펜을
꺼내 정류장 약도와 버스 번호를 적어 주고는 러시아어로
차분하게 방향을 일러 주었다. 버스에서 내리고서도
호텔까지 살얼음 낀 길을 한참 걸어야 했다.
주소지에 도착했지만 호텔 간판만 보이고 호텔을 찾을 수가
없었다. 예약 사이트에 올라 있는 근사한 사진은 호텔이
입주해 있는 비즈니스 빌딩을 멀리서 찍은 원경 사진이었다.
여기서도 청소하는 아주머니의 도움을 받았다. 아주머니는
내 얼굴을 쓱 보더니 대걸레를 세워 놓고 꼭대기 층에 있는
호텔 프런트 데스크까지 날 데려다주었다. 이때가 정오.
체크인 시간이 오후 2시였고 보통의 상황이라면 나는 짐을
내려 놓고 로비에서 기다려야 했을 것이다. 그때까지 다닌
러시아 호텔 열한 곳 중 체크인 시간을 앞당겨 준 곳은 한
곳도 없었다. 내가 인쇄해 간 예약 서류를 내밀자, 프런트를
보던 직원이 나를 훑어보더니 객실로 안내를 해주었다.
객실에 들어가 짐을 풀다가 거울을 보고는 어째서 아침부터
러시아인들이 내게 그처럼 친절했는지 알았다. 한 달 넘게

지금 생각해 보면 사진을 찍어도 되느냐는
물음에 늘 미소로 답했던 이들은 러시아의
시민들이었다. 내가 가본 어느 나라
사람들도 이들보다 더 친절하지 않았다.

시베리아 횡단 열차

자르지 못한 머리는 볼썽사납게 흐트러져 있고, 얼굴은
얼어붙었고, 콧구멍 아래로는 말간 콧물이 흘러내려 있었다.
옷차림은 이 부유한 도시 분위기(보석 광산 덕인지 도시
전체에 부티가 흐른다)와 추운 날씨에 맞지 않는
꾀죄죄하고 허술한 것이었다.
그때 프런트 직원이 문을 두드렸다. 그러고 보니 숙박부에
아직 여권도 등록하지 않은 상태였다. 직원은 내가 한숨
돌리며 씻고 나오길 기다렸던 것이다. 지금 생각해 보면
사진을 찍어도 되느냐는 물음에 늘 미소로 답했던 이들은
러시아의 시민들이었다. 내가 가본 어느 나라 사람들도
이들보다 더 친절하지 않았다.

» 그저 걷기만 해도 기분 좋아지는 곳

예카테린부르크에서 가장 볼 만한 것은 이세티강을 막아
호수처럼 만든 아름다운 시민 공원. 구글 맵에는 〈디나모〉
공원이라고 나오는데 정확한지는 모르겠다. 아침에
일어나서 딱히 갈 곳이 없어 미술관을 찾아 나섰다가
발견했는데, 겨울 맑은 풍광이 눈에 띄게 이국적이고
아름다워 반나절이나 걸려 한 바퀴 돌아보았다. 밤에 나와
야경을 보면 또 다른 느낌이다.
공원 남단엔 이세티 강물이 흘러나가는 수문이 있고
그곳에서부터 또 다른 강변 산책로가 시작된다. 꼭
컴퓨터로 그린 첨단 도시의 일러스트처럼 세련미 물씬
풍기는 풍경들이 수 킬로미터나 이어진다. 그저 걷기만
해도 기분 좋아지는 곳.

» 약국과 정육점

훈제 햄의 포장을 칼로 뜯으려다가 손가락을 다쳐 반창고를
사러 약국에 들렀다. 나는 이제 약사가 러시아어로 내게
어디가 아프냐고 물으리라는 것을 알겠기에, 일회용
반창고의 사진을 캡처해 가져갔다.
약사는 내 손가락과 반창고 사진을 보고는, 마치 자기
때문에 다치기라도 한 양 미안하고 안쓰러운 표정을 지으며
밴드를 가져왔다. 당황한 눈치도 보였다. 아마 내가 굉장히
오랜만에 자기네 약국을 찾아온 동양인 여행자였을 수도
있었다. 계산을 하려는 데 동전 몇 닢이 부족했다. 그러자
약사는 신경 쓰지 말라는 듯이 손을 저으며 미소를 짓더니
부드러운 목소리로 그냥 가라고 했다. 하지만 반창고는
아직 계산대 위에 있었다. 나도 부드러운 미소로 반창고를
달라고 했다. 약사는 한층 더 당황한 표정으로 반창고를
비닐봉지에 담아 주었다.
러시아인들에게는 이탈리아나 미국의 백인들에게서 종종
느꼈던 무심함과 냉담함이 잘 느껴지지 않는다. 추운 날씨
탓인지 표정과 말투가 좀 무뚝뚝하긴 하지만, 마음 깊숙한
곳에 한국인의 정 같은 심성이 숨겨져 있는지도 모른다.
예카테린부르크의 중앙 시장에서 다정한 목소리를 날 불러
자기 사진을 찍게 한 저 정육점 직원이 그랬다. 지금 봐도

표정이 정겹다. 중앙 시장은 도심 풍경만큼이나 예쁜데
육류 코너는 모두 빨간 유니폼을, 수산물 코너는 모두 파란
유니폼을 맞춰 입을 정도로 세세한 곳까지 디자인에 신경을
썼다.

» 예카테린부르크가 가진 진짜 명물

예카테린부르크의 미술관에서는 메조틴트 특별전을 하고
있었다. 사전을 보면 메조틴트란 〈동판화에서 구리판에
미리 가늘게 교차하는 선을 새겨 넣고, 그 선을 메우거나
깎거나 해서 명암을 나타내는〉 판화 제작 기법. 나도 이
전시에서 그런 판화 기법을 메조틴트라고 부른다는 걸 처음
알았다. 주름살이나 명암의 계조 같은 세밀한 표현을
가능하게 한다. 위층에서는 보석 상설전이 열리고 있었다.
우랄산맥의 광산들에서 나는 온갖 보석 원석들과 세공
작품들을 전시하고 있었다.
이 미술관에서도 백발 할머니가 나타나서는 나를 끌고는
어느 남성의 초상 앞으로 안내했다. 그러면서 브뤼겐,
브뤼겐, 이라고 반복했는데 나는 그걸 브뢰헬로 잘못 듣고는
브뢰헬이 판화도 했구나, 하고 지금까지 착각하고 있었다.
어쨌든 그 할머니도 크라스노야르스크의 길거리에서 날
불러 유대교 회당을 가르쳐 준 행인처럼, 당신의 도시가 가진
명물을 외국인에게 자랑하고 싶었을 것이다.
하지만 할머니, 예카테린부르크가 가진 진짜 명물은
브뤼겐의 판화나 보석이 아니라 예카테린부르크의
시민들이랍니다.

» 러시아를 여행할 때 주의할 점

러시아에서는 외국인이 한 도시에 7일 이상 머무를 경우엔
거주지 등록을 해야 한다. 호텔에 묵을 경우 체크아웃 할 때
거주지 등록증을 달라고 요구해야 한다. 이 거주지
등록증과 입국할 때 받은 출입국 카드가 없으면, 어느
호텔에서도 받아 주지 않으므로 꼼꼼히 챙겨 두어야 한다.
이 종이쪼가리들을 잃어버리면 출국도 되지 않는다.
예카테린부르크에서 체크아웃을 할 때 프런트 직원이 다음
행선지가 어디냐고 물었다. 나는 모스크바라고 했고,
직원은 어디론가 전화를 해보더니 거주지 등록증을 끊어
주었다. 예카테린부르크엔 사흘밖엔 묵지 않았으므로 내가
달란 건 아니었다. 그래도 챙겨 두긴 했는데, 모스크바로
가서 체크인을 할 때 호텔 프런트에서 예카테린부르크에서
받은 거주지 등록증을 요구했다. 확실치는 않지만, 지방을
돌아다니다 모스크바로 입성을 할 때도 그 직전 도시의
거주지 등록증이 있어야 하는 모양이었다.

05

어째서 도스토옙스키의
동상은 늘 구부정한지

» 라스콜리니코프의 집

내가 상트페테르부르크에서 묵은 첫 번째 호텔이 스테이션
호텔 S13이었는데, 그 맞은편에 도스토옙스키가 살았던
아파트가 있었다. 그 사실을 나는 까맣게 모르고 있었다.
그러다 어느 날 아침, 오늘은 어디를 갈까 가이드북을
뒤적이며 구글 맵에서 도스토옙스키의 흔적을 찍어 보다가
그의 아파트가 호텔 코앞에 있음을 알게 되었다.
카즈나체스카야 거리 끝에는 도스토옙스키가 살았던
아파트를 개조한 호텔 〈도스토옙스키 하우스〉가 영업
중이다. 거리 중간엔 『죄와 벌』을 쓴 아파트라는 석판이
붙은 건물도 있고, 북쪽으로 한 블록만 올라가면 『죄와
벌』의 주인공 라스콜리니코프가 살았던 집이 나온다.
물론 라스콜리니코프는 그곳에 살지 않았다. 살 수 없었다.
허구의 인물이니까.
하지만 도스토옙스키는 자기 아파트에서 얼마 떨어지지
않은 한 아파트를 라스콜리니코프의 집이라고 소설에 적어
놓았다. 그 집에 가면, 구부정하게 등을 구부리고 있는
도스토옙스키의 전신상이 검은 부조로 건물 외벽 모퉁이에
붙어 있다. 그는 그곳에서 라스콜리니코프의 진정한
얼굴(소설 속 모든 인물의 진짜 얼굴은, 그들을 창조한
소설가의 얼굴이다)을 하고서 비참한 격정이 운하처럼

흘렀던 상트페테르부르크의 거리를 굽어보고 있다.

내가 〈라스콜리니코프의 집〉을 찾았던 때는 아침
10시쯤이었다. 가보니 벌써 단체 관광객 한 무리가
도스토옙스키 부조 앞에서 몰려서 있었다. 나는 그들이
비켜 주길 기다렸다가 사진을 찍고, 멀리서 한 번 더
찍으려고 길을 건넜는데 그 틈에 다른 단체 관광객들이 또
몰려왔다. 아침나절에, 찾기 쉽지도 않은 곳에, 관광객이 두
팀이나 그를 찾아왔다는 사실이 내겐 경이로웠다.

그러니까 도스토옙스키는, 내가 가기 전에 늘 다른
독자들이 먼저 가 있는 소설가다. 나는 그 사랑 깊은 팬들의
무리 맨 끝자리에서 서서 빈틈이 나길 기다리는 부족한
독자다.

어째서 도스토옙스키의 동상은 늘 구부정한지

» 도스토옙스키 게임

호텔이 있는 거리에서 운하를 따라 서쪽으로 좀 걷다 보면,
이번엔 『죄와 벌』에서 라스콜리니코프에게 살해당한
전당포 노인의 집이 나온다. 노인의 집은 소설에
구체적으로 묘사되어 있지 않고 구글 맵에도 표시되지
않는다. 노인의 집을 찾느라 센노이 시장까지 가서 훑으며
오전 내내 헤맸던 기억이 난다. 하지만 나는 어떻게든
찾아냈고, 그러면서 인터넷을 검색해 보니 〈전당포 노인의
집 찾기〉가 전 세계 도스토옙스키 독자들에게 일종의
게임처럼 받아들여지고 있다는 사실을 알았다.
상트페테르부르크에 온 온갖 나라의 도스토옙스키의
독자들은, 『죄와 벌』에 나온 묘사 몇 줄을 단서로 삼아
전당포 노인의 집을 애써 찾아낸다. 그러고는 사진을 SNS에
올리면서 큰 미션이나 마친 것처럼 즐거워한다. 나도 그
집을 반나절이나 들여 찾아냈고 사진을 찍어 내 SNS 계정에
올렸다.
뭐랄까, 도스토옙스키를 사랑하는 팬들이 만든 세계적인
문학적 게임에 겨우 계정 하나를 등록해 놓은 수준이지만
잊지 못할 즐거운 체험이었다.

어째서 도스토옙스키의 동상은 늘 구부정한지

『죄와 벌』은 소설이지만, 인물이나 배경은 도스토옙스키가
살던 상트페테르부르크의 실제 빈민가를 모델로 삼고 있다.
소설 속 인물들이 살던 건물들은 그의 아파트와 같은
거리에 있었고, 등장인물들은 그와 함께 피곤한 삶을
나누던 이웃들이었다. 술주정뱅이, 과부, 고아들, 가난한
고학생, 몰락한 귀족, 신흥 엘리트 계급, 범죄자들까지
모두가 이웃이었다. 혁명을 이루려다 살인자가 된
라스콜리니코프도 이웃이었고, 라스콜리니코프의 도끼에
맞아 죽은 전당포 노인도 그의 이웃이었다.
나는 상트페테르부르크에 가보고 나서야 『죄와 벌』이
도스토옙스키가 자기 이웃들에 대해 쓴 소설임을 알았다.
아마도 그는 운하를 따라 매일 저녁 산책을 하며, 눈에 띄는
건물들에 자신의 분신들을 하나씩 집어넣어 살게 했을
것이다.

「뻬쩨르부르그만큼 인간의 정신에 음울하고 파격적이며
기괴한 영향을 주는 도시를 찾기란 어려운 일이지요!
기후적인 영향 하나만 해도 대단하니까요!」[24]

나는 상트페테르부르크에 9월 한 달을 있었는데,

늦가을처럼 산뜻한 날씨에 도착해 장맛비가 쏟아지는
으슬으슬한 겨울 날씨에 떠났다. 보름은 해가 떴고 보름은
비가 내렸다. 해가 떠도 우중충한 납빛의 하늘은 좀처럼
걷히지 않았다.

어째서 도스토옙스키의 동상은 늘 구부정한지

» 페트로파블롭스크 요새

상트페테르부르크는 도스토옙스키의 도시다. 그는 이
도시에서 공병 학교에 입학했고, 소설 읽기에 빠져 학점을
망쳤고, 불온한 모임을 가졌다고 페트로파블롭스크 요새에
감금되기도 했다. 요새는 도시를 가로지르는 네바강에
자리한 큰 섬이다. 전체가 관광지인 이 섬에는 바스티온
감옥 박물관도 있는데, 수용자 명단에 고리키와 트로츠키도
올라와 있다. 각 거실마다 수감됐던 러시아의 정치범들을
소개하는 초상 사진이 붙어 있다.

요새 내부를 구경하고 북동쪽 출입구로 나가면 멋진 산책
코스가 펼쳐진다. 돌로 지어 올린 요새 성곽을 따라 섬을 반
바퀴나 도는 긴 산책로다. 강물이 찰싹이는 자갈길을
지나면 황금빛 모래강변이 나타난다.

추운 날씨 탓인지 러시아에서는 박물관이든 미술관이든
바깥 출입문을 닫아 놓는 경우가 많다. 그런 경우 출입문이
유리문이 아닌 이상, 오늘 문을 열었는지 아닌지 밖에서는
알기 힘들다. 따로 알림판도 잘 해놓지 않는다. 나는 이날
요새 입구에서 통합권을 사서는 감옥 박물관에 찾아갔다가
문이 닫혀 있어 관람을 포기했었다. 그러고 다른 곳을
둘러보다가 돌아왔는데, 닫힌 줄 알았던 문에서 단체
관광객들이 줄줄이 나오고 있었다.

이날 이후로 난 러시아 어디를 가든 문이 닫혀 있으면 일단 손잡이를 잡고 흔들어 봤다. 그렇게 들어간 박물관과 성당, 갤러리들이 꽤 된다.

» 도스토옙스키 테마 공원

도스토옙스키의 팬이라면 상트페테르부르크가
도스토옙스키를 기리는 테마 공원 같을 것이다.
〈라스콜리니코프의 집〉에서 남쪽으로 운하 두 개를 건너면,
그가 안나와 결혼식을 올린 트로이츠키 성당이 나온다.
트로이츠키 성당은 그의 팬이 아니더라도 들러 보면 좋을
곳이다. 물방울 모양의 하늘색 쿠폴에 한가득 찍힌 황금색
별들이 눈길을 잡아끄는, 동화 속 궁전 같은 성당이다.
도스토옙스키 박물관은 센노이 광장 동쪽에 있다. 러시아는
박물관도 간판을 크게 달지 않으니 잘 찾아봐야 한다.
반지하로 들어가는 계단이 입구다. 그가 어려서 쓰던
바이올린 악기 세트와 중년의 삶을 빚의 수렁에 빠뜨린
룰렛 도박 세트가 인상적이다.
위층엔 도스토옙스키 가족의 생활을 엿볼 수 있도록 생활
공간을 그대로 보존해 놓기도 했다. 19세기 러시아 가정의
집기들이 흥미롭다. 나는 재떨이가 놓인 둥근 일인용
테이블과 어린 딸의 놀이방이 좋았다. 그는 이 집에서
점잖게 담배를 피우고 딸과 놀아 주면서, 때때로 검은
중산모를 쓰고 우산걸이에서 장우산을 뽑아 들고 스산한
상트페테르부르크의 거리로 산책을 나서곤 했을 것이다.
박물관 옆에는 도스토옙스키 동상과 블라디미르스카야

성당이 있다. 성당은 그의 가족의 본당이었는지, 지금도
그의 기일인 2월 9일이면 매년 미사를 올리고 있다.
근처에는 또 그가 젊어서 살았던 첫 번째 집도 있다. 지금은
파스타 집으로 성업 중이다.

어째서 도스토옙스키의 동상은 늘 구부정한지

» 레닌까지만

러시아는 어느 도시엘 가나 동상들이 넘쳐 난다. 공원과
광장마다, 때로는 거리 모퉁이에도 동상들이 세워져 있다.
대개는 푸시킨이나 도스토옙스키, 스트라빈스키 같은
예술가들이 모델이다.

물론 내가 가본 모든 도시에 레닌의 동상이 있었다. 레닌의
동상은 크고 높은 단 위에 세워져 있으며, 보통 시야를
가로막는 방해물이 없는 널따란 광장의 요지를 차지하고
있다. 사회주의 혁명으로 현대 러시아의 기틀을 만든
인물이니 그만한 위엄은 가질 자격이 있다.

하지만 레닌까지다. 러시아에서 마주치게 되는 대다수
동상은 러시아인들이 사랑하는 시인들, 소설가들, 작곡가들,
연주가들, 화가들의 것이다.

레닌을 제외하면, 내가 석 달 동안 러시아를 여행하며 가장
흔하게 본 동상 1위는 푸시킨이었다. 2위는 늘 구부정한
도스토옙스키의 동상이었고 그다음이 예카테리나 같은
제정 러시아 황제들의 동상이었다. 레닌만큼이나 많을 것
같은 칼 마르크스의 동상은 석 달 동안 딱 두 번 봤고,
엥겔스의 동상은 한 번 봤다. 독재자 스탈린은 미술관에
걸린 그림에서 한 번, 공산 독재 시절을 비판한 조각들
사이에서 한 번 봤다.

214

어째서 도스토옙스키의 동상은 늘 구부정한지

» 어째서 도스토옙스키의 동상은 늘 구부정한지

한 나라나 한 도시를 대표하는 실존 인물들의 동상은, 그
아래를 걸어다니는 보통의 평범한 사람들보다 더 꼿꼿하게
등을 펴고 있다. 이순신 장군이나 세종대왕 동상이 뿜어
대는 직선의 포스는 그 아래를 지나다니는 행인들을 압도할
정도다. 키는 크고, 등허리는 댓조각같이 곧고, 어깨는
늠름하게 펴졌다. 이 청동제 위인들은 생전에도 그랬을
법하지 않게 긍지에 차 있고 당당하다. 레닌의 동상들도
마찬가지다. 소비에트의 예술가들은 레닌을 〈보통 사람보다
영웅적 상징에 더 가깝게〉[25] 묘사하라는 지침을 받았다고
한다.

이것이 위인들의 동상이 제작되는 방식이다. 결국 큰 키에
근육질의 레닌이 탄생했고, 그래서 그의 동상들은 보통의
영웅들과 다를 바 없이 평범해졌다. 예술가들의 동상들도
꼿꼿하기 그지없다. 그들이 남긴 것은 그림이나 시나
음악이었지만, 동상으로 재현된 그들은 정치인들만큼이나
카리스마가 넘친다. 시인 마야콥스키의 동상은 풍운아의
거칠 것 없는 인상이다.

예외가 있다면 도스토옙스키의 동상이다. 그의 동상은
상트페테르부르크뿐만 아니라 고향 모스크바, 유형 생활을
했던 옴스크 등지에서 모두 만날 수 있다. 하지만 어느 것

하나도 그의 젊었을 때를 보여 주고 있지 않다(이를테면 니즈니노브고로드에는 막심 고리키의 유년 시절 동상이 있다). 그리고 하나같이 등이 구부정한 모습들이다. 심지어 입체감이 거의 없는 〈라스콜리니코프의 집〉의 부조조차도 등이 굽어 있다.

모스크바 국립 도서관 앞에 세워진 웅장한 도스토옙스키 동상도 역시 구부정하다. 그 동상은 고뇌의 늪에 빠져 허우적대는 〈생각하는 사람〉의 도스토옙스키 버전 같다. 상트페테르부르크 박물관 앞의 동상, 옴스크 박물관의 부조도 마치 어깨가 무거워 견딜 수 없는 사람처럼 앞으로 굽어 있다.

표정까지 한껏 지치고 삶에 물린 슬픈 사람 같다. 세종대왕이나 이순신 장군의 자신감 넘치는 미소에 익숙한 내게는 낯선 얼굴이다. 도스토옙스키는 살아서 거칠고 힘든 일들을 많이 겪었고 사형을 당할 뻔하기도 했다. 그렇지만 다른 많은 예술가도 마찬가지로 괴롭게 살다 죽었다. 그런데 왜 그의 동상만 굽은 등을 하고 있을까.

아마 도스토옙스키의 구부정한 등과 슬픈 표정의 동상은, 그의 실제 모습이 아니라 그의 작품들 속에서 건져 낸 인간 심연의 모습이 아닐까. 그의 소설들을 읽다 보면 인간과 종교의 밑바닥까지 훑는 닻 같은 묵직함이 느껴진다. 그의 소설에는 행복해하거나 기뻐하는 인물은 거의 등장하지

않는다. 등장인물이 웃는다 하더라도 꼭 광인처럼 웃는다.
도스토옙스키의 분신인 주인공들은 늘, 깊고 어두운 영혼의
지하방에서 허리를 굽히고 불안하게 방 안을 왔다 갔다
하며 기나긴 사유를 풀어놓는다. 그러다가 어느 순간 한
줄기 광적인 깨달음을 얻고 미친 사람처럼 외친다.
인간과 종교의 심연을 들여다보는 도스토옙스키의 사유는
쉽게 익숙해지지 않는다. 21세기의 독자들에겐 지루할 수도
있다. 하지만 그는 정말로 인간과 종교의 심연에 도달하고,
심연을 꿰뚫어 봤던 것일 수 있다. 그의 소설은 후대의
문학뿐만 아니라, 20세기 문명을 형성하는 데 큰 기여를 한
니체와 프로이트의 사상에도 많은 영향을 주었다. 당대를
뛰어넘는 통찰력에 목말랐던 사상가들이 그의 소설을 찾아
읽고 한 줄기 빛을 보았던 것이다.
여기까지 생각하자 도스토옙스키의 동상이 어째서 그처럼
등이 굽어 있는지 이해가 된다. 그의 등은 심연을
들여다보느라 굽은 것이다. 그의 동상이 정치가나 군인의
동상처럼 하늘을 향해 꼿꼿하게 뻗은 등을 하고 있다면
그의 작품 세계와는 결코 어울리지 않을 것이다.
어쩌면 도스토옙스키는 세계 문학사에서, 굽은 등의 동상이
어울리는 유일한 소설가일지도 모른다. 사실은 훨씬 더
굽어 있어야 할지도 모른다.

어째서 도스토옙스키의 동상은 늘 구부정한지

06

모스크바

» 편견

내게는 러시아가 음험하고 무서운 나라라는 편견이 있었다.
내 첫 소설책의 해설에는 이런 구절이 들어 있다. 〈이
세상에는 끔찍한 지옥들이 많이 실재한다 ─
아우슈비츠에서부터 《굴락》을 거쳐, 북한에서 벌어지는
기괴한 악몽에 이르기까지.〉²⁶ 나는 그때까지 굴락을
몰랐다. 찾아보니 소비에트 시절의 정치범 수용소였다.
나는 그 구절에서 막연하게 러시아는 나치가 세운 수용소나
북한과 비슷한 곳인가, 하는 느낌을 가졌고, 그 느낌은
그대로 편견으로 굳어졌다.
편견의 뜻은 〈공정하지 못하고 한쪽으로 치우친
생각〉이지만 실은 편견은 생각이 아니다. 편견의 〈견(見)〉이
〈볼 견〉인 것만 봐도, 편견은 머릿속에 어쩌다 끼어들어 와
자리를 잡게 된 왜상, 일그러진 상상적 시각 이미지에
가깝다.
러시아에 도착한 첫날 묵은 호텔이 바실리 대성당이 건너다
보이는 모스크바 강변에 있었다. 아직 체크인 시간이 되지
않아 나는 짐을 맡겨 놓고 거리로 나왔다. 뭔가에 홀린 듯이
알록달록한 대성당 지붕을 향해 교각을 건넜고, 그
순간부터 내 안에 웅크리고 있던 편견들이 하나씩 깨져
나갔다. 사진은 바실리 대성당 아래 어린이 놀이터에서

줄넘기를 하는 어린이들이다. 저 사진을 찍으며, 내
머릿속에서 러시아에 덧씌워져 있던 일그러진 편견 한 조각,
굴락의 이미지가 벗겨져 떨어져 나갔다.

굴락은 역사적 사실이다. 시베리아의 한 도시에는 굴락
투어 프로그램도 있다. 하지만 그 한 가지로 러시아 전체를
가늠하려할 때 편견이 된다. 두 번째 사진은 놀이터 옆에
설치된 공중 전망대에서 사랑을 나누는 연인들이다.
러시아에 도착한 첫날 저녁에 이런 사진을 찍었다. 남의
나라를 관광할 땐, 그 나라에 대한 자신의 편견을 확인하는
일정이 되지 않도록 조심해야 한다는 사실을 나는 첫날부터
깨달았다.

모스크바

» 호모 소비에티쿠스

모든 것이 다 편견일 수는 없다. 러시아에서는 사회주의
혁명이 일어났고 그 후 70년이 넘는 세월 동안 서구와
단절된 채 자신들만의 사회 체제를 실험해 왔다. 국가의
강압에 사람들은 변하지 않을 수 없었다. 스베틀라나
알렉시예비치의 『세컨드핸드 타임』에는 소비에트가 원했던
인간형에 대한 이야기가 나온다. 〈호모 소비에티쿠스〉가
그것으로, 작가는 그것이 공산주의가 유일하게 달성한
성과였을지도 모른다고 말한다.
호모 소비에티쿠스는 소비에트의 사상에 너무 깊이 침윤된
나머지, 〈국가가 곧 우주라는 생각으로 국가를 위해 자신의
인생을 비롯해 모든 것을 갖다 바친 사람들이었다〉고 한다.
그들은 소비에트 방식이 아닌 다른 삶은 몰랐다. 냉전
시기에 일상은 늘 전시 체제였다. 소비에트 연방에서
태어나 자란 작가의 평가는 냉정하다. 〈러시아인들은 그냥
살아 본 적이 없다. 그래서 러시아 문학도 그냥 사는 사람에
대해 알지 못한다.〉 한 소비에트인은 이렇게 말한다.
〈오로지 소비에트인만이 소비에트인을 이해할 수 있다.〉[27]

모스크바

나는 종교는 없지만 어딜 가든 그 지역의 종교 시설들을
들러 본다. 오래된 버릇이다. 20대에도 인도 콜카타를
돌아다니다가 외지인 관광객은 하나도 없는, 콜카타 외곽의
힌두교 성전을 낡은 기차를 타고 찾아간 적이 있었다.
러시아에서도 이름난 성당은 꼭 찾아봤다.
러시아 정교회는 이탈리아의 가톨릭과는 사뭇 다르다. 같은
기독교이지만 로마 가톨릭과 러시아 정교회는 이미 1천 년
전에 갈라져 나와 각자 발전해 왔다. 주일 예배 방식부터
성당의 건축 스타일, 실내 장식까지 뭣 하나 같은 게 없다.
이탈리아 성당들의 직선들로 이뤄진 외관은 거대함으로
보는 이를 압도하는데, 러시아의 성당들의 외관은 주로
곡선들이고 부드러운 인상을 준다. 물방울처럼 생긴 귀여운
성당 지붕도 러시아 정교회 성당만의 특징이라고 한다.
지붕 이름은 쿠폴.
어느날, 나는 로마 가톨릭과 너무나 다른 러시아 정교회의
예배 광경에 정신이 팔려 있었다. 나는 예배당 뒤편에 놓인
의자에 앉아 있었다. 러시아 정교회 성당의 예배당엔
신도석이 없다. 예배는 서서 하고, 보통 벽을 따라 벤치와
접이식 의자들이 몇 개 놓여 있다.
나는 누가 봐도 외국에서 온 동양인 관광객이었다.

카메라를 목에 걸고 옷차림은 격식에 맞지 않고 운동화는 더럽고 표정은 지친 기색이 역력했다. 내가 의자에 계속 앉아 있자 한 할머니가 내게 다가와 뭐라 말을 건넸다. 내가 알아듣지 못하자 주변에 있던 다른 러시아인들이 웃으며 내게 일어나라고 손짓을 했다. 예배의 하이라이트라 모두 서 있어야 하는 모양이었다. 내가 겸연쩍은 표정으로 일어서자, 러시아인들은 미소를 지었고 할머니는 또 러시아어로 뭐라 말을 건네며 소리 내 웃었다.

신부가 항로를 흔들고 종을 울리며 예배당을 한 바퀴 돌고 신도들은 신부를 향해 고개를 숙였다. 향 타는 냄새가 금세 짙어졌다. 설교단 뒷벽의 문이 열리며 또 다른 제단이 나타났다. 러시아 정교회는 예배당이 길쭉한 직사각형이 아니라 정방형이나 원형이다. 설교단 뒤에는 성상들이 그려진 화려한 칸막이벽이 서 있어 궁금증을 자아낸다. 칸막이벽에는 작은 출입문이 달려 있고, 예배 때 잠깐 열린다.

» 혁명의 영웅들

초인적인 영웅이 불현듯 나타나 비루한 현실로부터 민중을
구원해 줄 것이라는 생각은 영웅주의거나 엘리트주의이다.
하지만 역사는 한 줌밖에 되지 않은 영웅들에 의해
움직여지지 않는다. 또 토마 피케티가 『21세기 자본』에서
말했듯 엘리트는 사회를 먹여 살리는 것이 아니라, 반대로
자기가 한 일보다 지나치게 많은 부를 사회로부터
빨아먹는다.
영웅주의나 엘리트주의 같은, 역사가 몇몇 영웅에 의해
이뤄진다는 생각은 역사적 사실이라기보다는 환상이고, 그
환상의 근원에는 남근 중심주의가 자리한다. 영웅이란 곧
역사의 남근인 것이다. 영웅으로부터 뭔가 떨어지길 바라는
사람들이 영웅을 둘러싸고 숭배하고 우상화하면서 말
그대로 자위를 한다. 그러면서 부당한 이익을 성은처럼
받아먹고, 애써 역사의 황홀경을 연출하려고 한다.
하지만 그런 역사의 남근들이 나타나고 황홀경이 연출되기
전부터 예술가들은 러시아의 비참한 현실을, 현실을
개혁하고자 하는 열망을 작품으로 형상화했다.

　신이여, 용서하소서, 가난한 자들과 배고픈 자들을

내가 마치 형제처럼 열렬히 사랑하는 것을……
신이여, 용서하소서, 영원한 선을
내가 실현 불가능한 동화라고 생각하지 않는 것을……
—「마지막 고해」, 니콜라이 민스키[28]

러시아인은 마음속에 특별한 영웅심을 감추고 있다.
러시아인의 영혼에는 개인성을 망각할 때까지 인간을
괴롭히는 열정적이고 심오한 그 무엇이 존재한다. 그것은
보이지 않고 은밀한 곳에 숨어 있다. 그러나 그것은
위대한 삶의 힘이다.[29]

19세기 화가 일리야 레핀의 편지글이다. 그는 혁명이
일어나기 전에 이미 민중이 어떤 역할을 할지 알고 있었다.
혁명의 영웅들은 레핀이 편지에 썼듯이, 정치가나 군인이
아니라 러시아 민중이었던 것이다. 러시아에서 유별나게
예술가들의 동상과 기념비들을 많이 볼 수 있는 것도 그
때문이 아닐까.

» 할리우드 영화가 러시아의 인식에 미치는 영향

우리는 제임스 본드가 러시아의 스파이 조직과 맞서
분투하다 끝끝내 승리하는 〈007〉 시리즈를 너무 많이
봐왔다. 세계 평화를 위한답시고 크렘린을 유린하는 〈미션
임파서블〉 시리즈에 지나치게 열광해 왔다. 그래서 우리의
머릿속에, 할리우드 영화의 우상들이 들어와 살게 됐는지도
모른다. 그 우상들의 눈에 비친 적이 우리의 눈에도 적으로
비치는지도 모른다.

러시아로 떠나오던 2019년 8월에 「안나」라는 러시아가
배경인 영화가 개봉을 했다. 물리적 배경은 러시아지만,
영화의 정신세계는 냉전시대 자유주의 세계에 붙들려 있다.
반러시아적 망상 속에서, 러시아 여성 안나는 수백 명을 눈
하나 깜짝하지 않고 암살하는 희대의 킬러로 키워진다.
그녀는 자유주의 세계의 삿된 남성 권력자들의 안녕을
위협한다.

2018년의 「레드 스패로」도 그랬다. 이 영화에선 좌절한
발레리나가 냉혹한 러시아 스파이로 다시 태어나 미국
정부의 남성 권력자들을 위협한다. 2017년에는 「아토믹
블론드」가 개봉했다. 다들 비슷비슷한 설정이라 러시아
스파이가 주인공일 거라 생각했는데 지금 찾아보니
MI6 요원이다. 하지만 영화 속에서 여전히 러시아는

스파이나 파견하는 음험한 나라로 그려진다.

여성 스파이의 섹시함과 남성적인 액션을 결합한 영화로
일찍이 2010년의 「솔트」가 있었다. 안젤리나 졸리는
어려서부터 살인 기계로 키워진 러시아 스파이로 나온다.
「솔트」는 「안나」와 「레드 스패로」의 큰언니쯤 된다.
그녀 역시, 남성 권력자들이 짜놓은 정교한 국제 정치
질서에 균열을 내고 뒤통수를 친다. 「솔트」 이전에는
〈007〉 시리즈의 본드 걸들이 있었다.

냉전 시대에 할리우드는 이데올로기를 팔았고, 냉전이 끝난
지금은 이데올로기라는 목욕 가운을 입힌 섹시한 액션을
팔고 있다. 「솔트」 이래 여성 스파이들은 남성들을
위협한다. 과거의 할리우드는 사회주의 세계를 적으로
선전하기 위해 러시아와 동구권의 악당들을 창조해 냈다.
현재의 할리우드는 남성들이 짜놓은 판을 위협하는 여성
악당들을 창조해 내서는, 엘리트 여성들이 남성들의
적이라고 세뇌를 걸고 있다.

영화의 형식은 여전히 스파이 장르지만, 이면의 내용은
과거와 완전히 다르다. 이데올로기 대결이 성 대결로
바뀌었다. 할리우드의 영화는 남성들의 무의식 속에서,
여성은 공포의 대상이고 그래서 억압해야 할 대상이라는
괴물 같은 왜상을 낳는다. 러시아가 바로 그런 할리우드식
과정을 거쳐 20세기의 악몽이 되었다.

어떤 사람들에게는 할리우드 영화가 안겨 준 편견이 너무나
엄청나서, 그가 꿈꾸는 환상이 할리우드의 작은
스튜디오에서 제작된 것 같을지도 모른다. 하지만
모스크바에 가서 자기 눈으로 직접 본다면, 크렘린과 붉은
광장이 실은 전 세계인의 사랑을 받는 멋진 관광지가 된 지
오래라는 사실을 알게 될 것이다.

» 아주 오래된 악몽

러시아는 러시아 혁명이 있기 전부터 이미 서유럽 나라들에
경계의 대상이었다. 냉전이 시작되기 전부터 그랬다. 1백여
년 전에 쓰인 조지프 콘래드의 『비밀 요원』에는, 소비에트의
KGB 스파이에 결코 뒤지지 않는 러시아 스파이가 나와
서유럽 국가들의 안녕을 위협한다. 그 스파이는 제정
러시아의 황실을 위해 일한다. 이미 1백 년 전부터 러시아는
서유럽을 위협하는 음습한 악당들의 나라로 그려지고
있었던 것이다.

어쩌면 러시아에 대한 서유럽의 공포는 아주 오랜 연원을
가지고 있을지도 모른다. 에드워드 기번의 『로마제국
쇠망사』를 보면, 동쪽의 어딘지도 모를 곳에서 끊임없이
이민족들이 넘어와 로마 제국을 위협한다. 5~6세기에 걸쳐
훈족, 반달족, 동고트족, 알란족, 슬라브족 등이 제국을
유린했고 결국 멸망에 이르게 한다. 로마 제국이 서유럽의
문명을 이루면서, 이민족이 출몰하는 동쪽에 대한 공포도
함께 문명의 근간이 되었을 것이다.

19세기 초 나폴레옹의 원정 때에도 서쪽은 동쪽으로부터 큰
패배를 겪었다. 모스크바 원정 당시 나폴레옹 군대에서
40만 명이 죽었는데, 이 군대는 유럽 전역에서 끌어모은
연합군으로 이뤄져 있었다. 그 때문에 전사자의 비극을

유럽 여러 나라가 나눠 가지게 되고, 다시 한번 러시아라는
악몽이 전 유럽으로 퍼져 나가게 되었을 것이다. 제2차 세계
대전에서도 히틀러의 나치군이 대패를 했다. 나치군은 당시
레닌그라드였던 상트페테르부르크를 3년이나 포위하고도
50만 명 이상의 전사자를 내고 후퇴했다.

냉전이 끝난 21세기에도 문명의 공포는 여전히 정치적으로
유용하다. 과거나 현재나, 서쪽의 질서를 유지하기 위해
동쪽의 악몽이 필요한 건 아닐까.

» 크렘린

크렘린은 〈성채, 요새, 내성, (러시아 도시의) 성곽〉[30]을
일컫는 러시아어다. 서울 경복궁이나 수원 화성과 비슷하다.
모스크바 강변을 걷다 보면 붉은 성곽 위로 솟은, 하얗고
매끄럽게 빛나는 궁전이 눈에 띈다. 황금색 물방울 모양의
쿠폴들이 옹기종기 솟아 있는 크렘린은, 현대 도시의
전경에 불쑥 틈입한 동화 속 궁전처럼 이질적인 느낌을
준다. 나는 구세주 그리스도 대성당 뒤편의 파트리아르시이
다리를 건너다 우연히 크렘린을 봤는데, 백옥 같은 성채와
황금빛 지붕들이 묵직하게 빛나는 성당들이 어찌나
황홀한지 한참 걸음을 멈추고 서 있었다.
크렘린은 성채이므로, 모스크바 말고도 근대 이전에 생긴
러시아의 도시라면 흔하게 볼 수 있다. 횡단 열차를 타고
시베리아의 도시들에 내리면, 구글 맵에 모스크바에서와
같이 크렘린이라는 지역 명소가 뜬다. 수즈달처럼 손바닥만
한 시골 마을(근대화 이전의 러시아 시골 풍경을 맛볼 수
있는 곳이다)에도 넓은 영지를 둘러싼 성곽과 성당,
궁전으로 이뤄진 크렘린이 있다.
러시아 혁명 직후 모스크바를 방문한 그리스 작가 니코스
카잔차키스는 『러시아 기행』에서 크렘린을 도시의
핵심이라고 부른다. 〈모스크바는 슬라브 민족의 혼이

완벽하게 구현된 곳이다. 미리 계획한 도시 설계 하나 없이 중앙의 붉은 핵인 크렘린 주변에서 숲처럼 성장해 나간 도시이다. (……) 러시아의 모든 민족과 동양인들이 이곳에 와서, 어떠한 논리적인 짜임새도 없이 그 끝이 항상 열려 있는 이 방대한 러시아의 모자이크 속에 그들의 영혼을 뿌리내린다.)[31]

이것이 크렘린의 정체다. 한때는 철의 장막이라 불리는 절대 권력의 상징이었을지도 모른다. 하지만 지금은 누구나 모스크바 크렘린 안으로 들어가 궁전과 박물관, 중세 시대부터 러시아인들의 불안을 달래 준 성당들을 둘러보고 즐길 수 있다. 두 번째 사진은 크렘린 안 성당의 입구.

모스크바

» 버리기 위해 가져간 것들

나는 여행 짐을 싸면서 오래전에 사놓고는 지금껏 읽지
않은 책들과 이제는 그만 버려도 될 것 같은 옷가지들을
챙겼다. 책들은 어찌나 오래되었는지 종이가 갱지처럼 색이
바래고 푸석푸석했다. 책등도 누랬다. 옷들은 소매가
해졌다든가, 계속 입기엔 작아졌다든가 하는 옷들을
캐리어에 넣었다.

여행지를 기억하는 데에는 여러 가지가 있겠지만, 버리고
온 책과 옷들로 기억하는 방법도 있다. 『아Q정전』은
상트페테르부르크 가는 열차 안에 놓고 나왔고, 『장미의
이름』상권은 상트페테르부르크에 버렸다. 하권은
페테르고프의 호텔을 나오며 버렸다. 『죄와 벌』상권과 꽉
끼는 셔츠 한 장도 상트페테르부르크에 버렸다. 『어머니』는
바이칼 호수가 있는 이르쿠츠크에 버렸다.

노보시비르스크의 호텔에는 내가 입기에는 이제 너무 젊어
보이는 청재킷을 버리고 나왔다. 『죄와 벌』하권도
시베리아에 버리고 왔다. 니콜라이 체르니솁스키의 『무엇을
할 것인가』는 모스크바에 버렸고, 헨리 밀러의
『북회귀선』은 도저히 진도가 나지 않아 여행 막바지까지
반만 읽고는 버렸다. 그리고 반팔 셔츠, 팬티, 여러 켤레의
양말도 버렸다.

책과 옷가지를 버리고 난 캐리어의 빈 공간은 선물로 채웠다. 캐리어는 도로 꽉 찼지만, 마트료시카 인형과 보석함은 책만큼 무겁지 않았다.

» 　세상에서 과일과 야채를 가장 예쁘게 쌓아 놓는 사람들

러시아인들은 제 일터와 생활 공간을, 마트료시카 인형처럼
알록달록 예쁘게 꾸미면서 일상의 소소한 즐거움을 찾는
것은 아닐까. 동화책 속 일러스트 같은 성당이나 목조
주택들, 경찰서 앞 관상목 하나에까지 조명을 비춰 놓은
아기자기한 거리 풍경들과 자꾸 마주치다 보면,
러시아인들의 남다른 디자인 감각에 감탄하게 된다. 시장을
가봐도, 아마 러시아 상인들이 세상에서 과일과 야채를
가장 예쁘게 쌓아 놓는 사람들이 아닐까 하는 생각을 하게
된다. 모스크바 다닐롭스키 시장에서 찍은 사진처럼, 여느
시장에서나 화가가 그린 듯 우아하게 색을 맞춰 놓은 과일
야채 매대를 볼 수 있다.
스베틀라나 알렉시예비치의 『세컨드핸드 타임』에는
소비에트인들이 가장 사랑했던 일상의 물건 두 개가 나온다.
책과 햄. 나는 러시아로 가면서 무엇을 기대해야
좋을지조차 몰랐지만 한 가지, 러시아의 햄은 꼭 먹어 보고
싶었다.
햄 맛이 어떤지는 호텔 조식에서 충분히 즐겼다. 햄이
나오지 않은 끼니는 한 번도 없었고, 묵는 호텔마다 나오는
햄의 종류가 달랐다. 한 러시아인은 소비에트 시절의 햄에
대해 이렇게 말한다. 「햄은 모든 것의 기준점이었어요.

러시아인들은 햄에 대해 실존적 사랑을 느끼거든요.」[32]

시장에는 무척 다양한 햄이 팔리고 있고, 특히 인상 깊었던 것은 오이, 양배추부터 버섯에 이르기까지 온갖 야채와 과일, 생선들로 만든 절임 식품들이었다. 햄 역시 절임 식품이다. 첫 번째 사진은 도로고밀롭스키 시장의 절임 식품 코너. 과일이나 야채처럼 저렇게 혀가 아닌 눈으로 먼저 맛을 보게끔 꾸며 놓았다

그렇다면 러시아인들이 애지중지했던 책은 어떻게 됐을까. 소비에트가 무너지자 사람들은 아끼던 책들을 내다 팔았다. 헌책방에는 책이 산더미처럼 쌓였다. 돈이 이유는 아니었다. 〈사람들이 책에 실망했기 때문〉[33]이었다. 모스크바 뉴 아르바트 거리에 가면 우리 경의선 책방거리 비슷한 헌책방 거리가 조성되어 있다. 책값이 우리보다 몇 배나 비싼 러시아에서, 그나마 저렴하게 책들을 구할 수 있는 곳이다.

도로고밀롭스키 시장의 절임 식품 코너. 과일이나
야채처럼 저렇게 혀가 아닌 눈으로 먼저 맛을 보게끔
꾸며 놓았다.

모스크바

» 소비에트 물건들

선물을 구하는 데에는 모스크바의 이즈마일로보 시장이
적소다. 마트료시카 인형도 상트페테르부르크의 노점보다
이곳이 더 싸고 괜찮다. 인형, 채색함, 모피 모자에서부터
필름 카메라, 수류탄과 자동 소총까지 없는 것이 없다.
인형이나 채색함은 수제품이 좋은데, 수제품은 만든 이의
서명이 있고 표면을 만져 보면 물감이 발라진 부드러운
요철이 느껴진다.
이즈마일로보는 칸막이가 세워진 점포에서부터 맨바닥에
천을 깔아 놓고 집 안의 골동품들을 갖고 나와 파는
노점들까지 여러 단계로 나뉘어 있다. 그래서 둘러보다
보면, 마트료시카 인형을 열어 볼 때처럼 여기가 끝인가
싶은 순간 또 다른 시장 골목이 나타나 유혹한다. 단계에
따라 질과 가격도 차이가 난다. 또, 소비에트 시절의
물건들도 흔하게 볼 수 있다. 1938년이라고 제작 연도가
새겨진 스탈린 시대의 쌍안경도 이곳에서 봤다. 첫 번째
사진은 소비에트 시절에 나온 포스터들 앞에서 찍은 것이고,
두 번째 사진은 샤프카 상점이다. 샤프카도 이곳이
저렴하고 다양하다.

257   모스크바

» 모스크바를 둘러싼 두 개의 링

모스크바 지도를 들여다보면 두 개의 커다란 원이 눈에
들어온다. 모스크바 도심을 둘러싼 원형의 도로들이다.
명소를 찾아다니는 일에 싫증이 났다면, 뭔가 마음에 드는
것이 나타날 때까지 이 원형 도로들을 따라 시내를 천천히
걸어 보는 것도 나쁘지 않다. 지도에서 안쪽의 원형 도로는
가든 링이다. 나는 아르바트 거리 끝으로 나와 큰 대로를
따라 둥글게 원을 그리며 돌았다. 밤에 가보면 모스크바
시내의 사이버펑크 영화 같은 야경이 곳곳에 펼쳐진다.
바깥쪽 원형 도로는 서드 링이고, 남쪽과 서쪽 구간에서
모스크바 강변의 멋진 풍경들을 살펴볼 수 있다.
두 원형 도로는, 어느 날 도심을 산책하다가 내가 곡선을
그리며 걷고 있다는 사실을 발견하고 나서 지도를
확인하다가 알게 되었다. 그 뒤로 구간을 나눠 며칠에 걸쳐
걸어 봤다. 그러면서 철교 위에서 시베리아 횡단 열차들이
쉬고 있는 조차장을 보기도 했고, 고풍스런 석조 건물들이
대부분인 모스크바에서 눈이 휘둥그레질 만큼 현대적인
고층 빌딩들이 모여 있는 모스크바 시티를 발견하기도 했다.
모스크바 시티는 가이드북에 단 세 줄로 소개되어 있어
있는 줄도 몰랐던 곳이다. 하지만 이곳은 서울에서도 보기
어려운 세련되고 첨단적인 느낌의 고층 빌딩들이 밀집되어

있는 명소다. 시내를 걷다 보면 밤이고 낮이고, 마치
신기루처럼 시야 저편에서 아련히 떠오르는 마천루들이
보일 것이다. 그곳이 모스크바 시티다.

유럽 여행을 하다 모스크바에 들렀는데 시간 여유가 없다면
붉은 광장 주변만 돌아봐도 된다. 도심 한가운데 자리한 이
붉지 않은 광장은 거대함도 볼거리지만, 러시아를 대표하는
명소들이 둘러싸고 있어 광장을 중심으로 짧은 시간 안에
오갈 수 있다. 크렘린에 들어가는 입구는 붉은 광장 서편
알렉산드르 정원에 있다. 광장 남쪽 끝엔 바실리 대성당이
있고, 동쪽엔 굼 백화점이 있다.

첫 번째 사진은 굼 백화점을 돌아다니다 만난 부부. 서툰
영어로 사진 값을 낼 테니 사진을 찍어 달라고 부탁해 찍게
됐다. 굼 백화점은 내부 전체가 세심한 손길로 다듬은
화려한 황금 세공 작품 같다. 러시아인들의 인테리어
감각을 만끽할 수 있는 곳.

광장 서쪽엔 레닌의 묘가 있다. 두 번째 사진. 입장이 허용된
시간은 짧지만 깊은 인상을 남기는 곳이다. 1924년에
레닌이 사망했으니 벌써 1백 년 가까운 세월이 흐른 셈인데,
이곳에서는 생전의 모습에서 크게 달라지지 않은 레닌을 볼
수 있다. 어두운 묘 안으로 들어가면 창백한 조명이 레닌의
얼굴을 비추고 있다. 불 꺼진 무덤 속에서 레닌의 얼굴만
하얗게 도드라져 있는 광경이 꼭 홀로그램을 보는 듯했다.
놀랐던 점은 레닌의 키. 역사에서 레닌이 차지하고 있는

위상이나 러시아 곳곳에 세워진 레닌의 동상들을
생각한다면, 관 속에 누워 있는 레닌의 실제 체구는
어린아이처럼 작아 보였다.

하지만 인류의 유산은 사이즈로 평가되지 않는다. 옛
혁명의 영웅들이 부정되고 소비에트가 붕괴돼 사라진
다음에도, 레닌은 여전히 사랑받는 지도자로 남았다. 모든
나라에서 프롤레타리아 계급이 진짜 유령이 되어 떠돌고
있는 21세기에도, 레닌의 글은 여전히 읽히고 있고 그의
사상을 새롭게 해석한 신간들도 꾸준히 출간되고 있다.
레닌의 사상적 키는 죽어서도 자랐고 그 크기는 이제
가늠할 수도 없다.

붉은 광장의 북쪽 출입구로 나오면 볼쇼이 극장이 나오고,
극장 앞에는 모스크바에서 유일하게 봤던 마르크스의
석상이 있다. 굼 백화점은 니콜스카야 거리로 이어진다.
작은 알전구들이 공중에 그물처럼 엮여져 은하수 아래를
거니는 듯한 야경을 연출한다.

이 모든 곳을 하루에 돌아볼 순 없다. 바실리 대성당이나
크렘린은 한나절은 들여 찬찬히 돌아봐야 하는 곳이다.
붉은 광장은 붉지 않다. 다만 광장을 둘러싼 부활의 문 같은
몇몇 건물이 붉을 뿐이다. 상트페테르부르크의 상징색이
에메랄드, 청회색인 것처럼 붉은색은 모스크바를
상징한다고 한다.

모스크바

» 1950년대 테발디를 기대했지만 더 나은 무언가를

내가 아껴 듣는 레나타 테발디 주연의 베르디 오페라 「라
트라비아타」하이라이트 음반이 있다. 일반적인 비닐 음반
사이즈인 12인치보다 작은 10인치 음반이다. 아마
1970년대 이전에 발매된, 나보다 나이를 더 먹은 음반일
것이다.

나는 이 음반에 실린 노래들을 실황으로 꼭 보고 싶어
볼쇼이 극장 공연을 예매했다. 도입부에서 비닐 음반의
투박한 사운드로 재생되는 남녀 보컬이 주고받는 노래들은,
내 마음에 콕 박혀 20년째 공명하고 있다.

감상을 말하자면 1950년대 테발디의 목소리에 끌려 찾아간
공연에서, 뜻밖에도 할리우드의 화려하고 역동적인 뮤지컬
영화를 신나게 즐기다 온 기분이다. 베르디의 「라
트라비아타」를 보면서 시간 가는 줄도 모르리라고는 예상을
못 했다. 투우 장면은 아직도 기억에 생생한데, 빨간 치마를
입은 배우들이 소 역할을 하는 게 아니라 투우사들이
흔드는 물레타(빨간 망토) 역할을 했다. 무대 전환이 빠르게
이어졌는데, 때론 엑스트라까지 50명쯤 되는 연기자들이
한꺼번에 무대를 휘젓기도 했다. 테발디를 보러 갔지만
그보다 더 나은 무언가를 보고 온 공연이었다. 사진은
연기자들과 볼쇼이 극장.

모스크바

러시아 현지에서, 러시아 작곡가의 작품을, 러시아
연기자들의 솜씨로

차이콥스키의 「백조의 호수」도 겐나디 로즈데스트벤스키의
지휘로 볼쇼이 극장에서 봤으면 좋았을 것이다. 「백조의
호수」는 대중적으로 널리 알려진 작품이라 자칫 실망하기도
쉽다. 곡 해석을 팝적으로 하거나 연출을 감성적으로 해서,
꼭 세탁 세제의 광고 영상을 보는 기분이 들 수도 있다.
하지만 로즈데스트벤스키의 녹음은 적당히 어둡고 무거워
이야기의 비극성을 잘 살려 준다. 무대 연출도 비슷했을
것이다. 음반에 실린 사진들을 보면, 청회색으로 빛나는
볼쇼이의 백조들이 어스름이 깔린 얼음 호수 위를 어두운
마음으로 갈팡질팡하고 있는 듯하다. 하지만
로즈데스트벤스키와 볼쇼이 극단의 이 공연은 내가
태어나기 전에 막을 내렸다.
러시아의 공연 문화는 우리와 달라서 흥행작이라고 해서
1년 내내 공연을 하지는 않는다. 상트페테르부르크의
마린스키 극장에서 「백조의 호수」를 볼 수 있었던 것도 운이
좋아 여행 스케줄과 맞았던 것이다. 이 극장에서 「백조의
호수」는 한 달에 한두 회만 공연을 하고, 좌석을 잡으려면
한두 달 전에 예매를 해야 한다.
「백조의 호수」도 1960년대의 로즈데스트벤스키와 볼쇼이

극단을 기대하고 갔으나 더 특별한 것을 얻었다. 러시아 현지에서, 러시아 작곡가의 작품을, 러시아 연기자들의 솜씨로 감상하는 감흥 말이다. 발레리나의 다리가 진짜 백조의 다리처럼 앞뒤로 꺾이고 휘어져 깜짝 놀라기도 했다. 전곡 공연이라, 12시에서 시작해서 중간에 휴식 시간이 두 번이나 되고 3시 10분에야 끝났다. 사진은 마린스키 극장의 문지기와 연기자들.

모스크바

» 블라디미르 체크인 3만 리

블라디미르는 시베리아 횡단 열차 노선에 포함되지만
모스크바와 가까워 시외버스를 타도 된다. 이날 버스를
고른 것이 실수. 인터넷에서 정보를 찾아 중앙 버스
터미널에 왔는데 하필 새 역사를 짓는다고 폐쇄된 상태였다.
잠시 공황에 빠져 주변을 한 바퀴 둘러보니 고가 도로 아래
임시 시외버스 터미널을 운영 중이었다.
표를 끊고 버스를 기다리고 있는데 눈발이 흩날리기
시작하더니 버스를 탈 때쯤엔 함박눈이 쏟아졌다. 결국
4시간 반 거리를 5시간 반 걸려 도착했다. 해는 이미 져
어두컴컴했다. 터미널에서 나와 정류장에서 눈을 맞으며
30분이나 기다려 트롤리 버스를 타고 시내로 들어갔다.
시베리아에서도 잘 터지던 모바일 인터넷이 이곳에선 되다
말다 했다. 시내 정류장에 내려 눈 녹은 진창길을 캐리어
가방을 끌고 한참을 걸어 호텔에 도착했다.
한숨 돌리며 체크인을 하려는데, 리셉션 직원이 비자는
어디 있느냐고 물었다. 몇 번이나 겪었던 일이라 나는
심상한 얼굴로 한국은 비자 면제 협정국이라고 설명했다.
그러자 직원이 어디론가(아마 퇴근한 매니저거나
경찰서에) 전화를 걸더니, 한국이 어째서 무비자국인지
물어보면서 한참 통화를 했다. 마침내 체크인을 마쳤지만

밤이 됐고, 그냥 저녁은 굶고 씻고 나서 책 몇 페이지 읽다
잤다. 아침에 일어나 보니 더운 물이 안 나왔다.

블라디미르에 이르는 일은 고되었지만 함박눈 쌓인 거리는
기대 이상이었다. 머릿속에서 상상으로만 존재하던
러시아의 설경을 처음으로 마주한 날이었고, 나는 신이
나서 아침부터 밤까지 블라디미르의 구시가지를 쏘다녔다.
블라디미르에서 버스로 1시간 거리인 수즈달은 모스크바
크렘린의 오래된 버전을 볼 수 있는 시골 마을이다. 수즈달
크렘린이 터를 잡은 지 1천 년쯤 되었다는데 지금까지
고풍스런 옛 모습을 보전하고 있다. 아마 크렘린의 원래
형태, 원형이 이렇지 않았을까 싶다. 날이 궂어
수즈달에서는 괜찮은 사진을 찍을 수 없었지만, 두 곳 다
맑고 추운 겨울날 꼭 다시 가보고 싶은 곳이다.

　　　　모스크바

이즈마일로보 시장의 입구엔, 한 사진작가가 자기 사진들을
특대 사이즈로 인화해 파는 가게가 있다. 부러운 마음에
작품 파일을 뒤적이다 보면 작가가 다가와 설명을 해준다.
시장의 다른 상인들처럼 늙었고, 표정엔 자부심이 드러나고
말투는 단호하다. 사진에는 대체로 거대한 조형물들이 들어
있다. 우주선, 하늘을 찌르는 뾰족탑, 모노레일, 망치를 든
남성…… 나는 나중에, 베데엔하에 가보고서야 그 사진 속
조형물들이 소비에트의 자긍심을 상징하던 기념비들이라는
사실을 알았다.

베데엔하는 사회주의의 흔적을 찾아보기 힘든
모스크바에서 거의 유일하게 소비에트 시절을 느낄 수 있는,
모스크바 속의 또 다른 모스크바다. 20세기 전반부에
소비에트를 상징하는 박람회장으로 건설된 곳. 소비에트
연방을 구성했던 당시 공화국들을 대표하는 전시장
건물들이 아직도 독특하고 아름다운 외관을 뽐내고 있다.
박물관들도 있다. 사진은 원자력 박물관에서 찍은 학생들.
모스크바의 명소들은 잠깐 가서 뚝딱 보고 올 수 있는
규모가 아니다. 베데엔하와 그 주변 역시 모두 둘러보는 데
한나절로도 부족하다. 베데엔하 주변에는 소비에트 체제의
유용함을 사이즈로 과시하려 했던 거대 조형물들이 포진해

있다. 흑백 사진을 찍는 마음으로 차근차근 둘러보다 보면

어느 순간 소비에트의 오라가 느껴질 것이다.

차리치노도 한 번에 다 못 봐 또 갔던 곳. 에미르타주
박물관을 세운 예카테리나 황제의 궁전도 볼거리지만
호수를 둘러싼 기나긴 산책로는 없는 시간을 내서라도 걸어
볼 만하다. 동양 것 같지도 않고 유럽 것 같지도 않은,
이색적인 분위기의 풍경들이 불쑥불쑥 모습을 드러낸다. 첫
번째 사진의 새 모이 주는 장소는, 누구라도 이곳에 와서
손에 모이를 들고 있으면 새들이 날아와 앉곤 하는 것
같았다. 두 번째는 호수에서 명상하듯 낚싯대를 드리우고
있던 러시아인.

콜로멘스코예도 이틀은 다녀야 다 볼 수 있다. 언덕 위에
문득 신비롭게 모습을 드러내는 예수 승천 성당도 놀랍지만,
곳곳에 조용히 생각에 잠겨 거닐 만한 장소들이 자리해
있다. 특히 끝이 안 보이는 사과나무 정원이나, 성당과 다른
언덕에 있는 낡은 교회 옆 묘지는 오래 잊지 못할 것이다. 세
번째 사진이 교회 묘지.

모스크바

　　　　모스크바

한국으로 돌아갈 날이 얼마 남지 않았을 11월 하순엔 아침
일찍 호텔에서 나와 안개 낀 모스크바 강변을 걷곤 했다.
그렇지 않아도 흐린 베이지색 석조 건물들이, 흘러가는
안개에 덮여 더 흐릿하게 보이는 몽환적인 풍경이
그럴싸해서였다. 모스크바의 백인들은 대개 키가 큰데 그
큰 사람들이 외투로 감싼 어깨를 움츠리고 구부정하게 걷는
모습도 인상적이었다.

강변을 따라 걷다가 바실리 대성당이 있는 강 건너로 가기
위해 볼쇼이 다리에 올랐다. 다리 왼쪽 편은 아직도 공사
중이었다. 별다른 금지 표시가 보이지 않아 나는 다리를
건너기 시작했고, 중간쯤 갔을 때 안전모를 쓴 러시아
노동자가 나타나 나를 불렀다. 그러고는 러시아어로 뭔가
설명을 하기 시작했다. 손짓하는 걸 보니, 어지러운 공사
현장을 안전하게 빠져나갈 수 있도록 길 안내를 해주겠다는
이야기 같았다.

그 긴 볼쇼이 다리를 건너는 동안 노동자는 쉴 새 없이 내게
말을 건넸다. 내가 러시아어를 알아듣는지는 별로
궁금하지도 않은 눈치였다. 아마 그도 내가 러시아어를
모른다는 사실을 알고 있었을 것이다. 하지만 그는 계속
말을 건넸고 정말 수다스러웠다. 그렇다고 나를 놀리는

눈치는 아니었다. 표정은 진지하고 손짓으로 계속 안전한
방향을 가리켰다.

내가 알아듣든 말든 러시아어로 말을 건네는 러시아인은
이미 여럿 겪었기에 새삼스럽지도 않았다. 우리는 다리
끝에 이르렀다. 다리는 막혀 있었고, 그는 임시로 설치된 벽
어딘가에서 굵은 철사로 잠가 놓은 작은 문 하나를 찾아내
나를 내보내 주었다.

나는 노동자에게 고맙다고 하고는 밖으로 나갔다.
알아들었는지 그도 고개를 끄덕였다. 문 밖에는 이 다리를
처음 건넜던 9월 초순보다 한결 추워진 날씨의 붉은 광장과
바실리 대성당이 있었다. 니코스 카잔차키스는 모스크바를
〈새로운 약속의 땅의 심장부〉라고 불렀다. 모스크바는
〈노동자 신이 탄생한 새로운 예루살렘〉[34]이었다. 나는
마지막으로 붉은 광장을 한 번 더 둘러보기 위해 서둘러
걸었다.

07 횡단과 실증

여행을 꼭 즐거운 마음으로 떠나게 되지는 않는다. 떠나서
즐거워질 순 있지만, 목적지의 입국장에 들어설 때까지
우리의 기분은 평소 삶의 연장일 것이다. 우리의 평소 삶은
경우에 따라선 기억하고 싶은 것보다 잊고 싶은 게 더 많을
수 있다. 앤디 워홀은 한 에세이에서 〈당신의 인생이 진짜
당신 앞을 지나가는 영화 한 편이기를 바란다면 여행을
하라〉고 썼다. 그러면 당신은 〈당신의 인생을 잊을 수
있다〉.[35]

그리고 여행을 꼭 즐거워지기 위해 하는 것도 아니다.
2001년 9·11 테러가 있은 다음 두 프랑스 철학자가 미국
횡단 여행 길에 떠난다. 그 여행에는, 냉전 이후 세계 유일의
초강대국으로 남은 미국이 도대체 어떻기에 세계의
한편으로부터 증오의 대상이 되고 있는지 알아보려는
목적도 있었다. 그리고 횡단 여행 길에서 보고 듣고 느꼈던
것들을 정리해 책으로 묶었다.

두 철학자, 기 소르망과 베르나르앙리 레비는 왜 굳이 직접
미국 땅을 횡단했을까. 요즘처럼 인터넷이 발달하고 언론이
자유롭고 정보가 넘쳐나는 세상에서. 오히려 프랑스의
사무실과 집 거실에서 미국에 대해 알아보는 것이 더
효율적이고 편하지 않았을까.

횡단의 뜻은 〈대륙이나 대양 따위를 동서의 방향으로 가로 건넘〉[36]이다. 시베리아 횡단 열차는 끝에서 끝까지 6시간의 시차가 있다. 그 때문에 나는 모스크바에서 첫 기차를 탄 다음 중간 기착지에 내릴 때마다 손목시계의 시간을 새로 맞춰야 했다.

이처럼 횡단은 자신이 가로 건너는 시공과 물리적으로 접촉을 하는 일이다. 그곳에 직접 가보는 일이며, 시간과 공간이라는 현실의 제약을 순차적으로 가로질러, 그곳의 실재와 구체적으로 만나는 일이다. 그런 구체적이고 물리적인 만남 속에서 여행자는 실존에 대한 현실 감각을 되찾고 세계에 육체성을, 생명을 불어넣을 수 있다. 두 철학자도 그런 만남을 통해 현대 미국의 실체를 다시 쓰고자 했을 것이다.

인류는 9·11 테러처럼 전에 없던 위기에 직면했을 때마다, 자기 앞에 놓인 세상을 횡단하며 정신적 경제적 돌파구를 찾으려 했다. 앞서 「아주 오래된 악몽」에서 썼듯 로마 제국은 동쪽의 척박한 기후에 살던 이민족들의 대이동에 의해 멸망했다. 애초에 우리 한반도로 고대인들이 이주해 온 데에도 아마 식량 부족이나 기후 변화, 인구 증가 같은 위기가 있었을 것이다. 고대인들은 정착해 살아갈 만한 땅이 나타날 때까지 횡단하고 또 횡단했을 것이다. 그리고 이제 우리는 여행자가 되어, 시베리아 횡단 열차를 타고 그

횡단과 실증

고대인들의 횡단 여정을 되짚어 가보기도 한다.

〈횡단〉은 그러므로, 자신이 가고자 하는 특정 지역과 그 지역에 이르는 경로를 실제적이고 구체적으로 체계화하려는 의지에서 나온 행위, 실증의 행위라고 할 수 있다. 이번 러시아 여행도 그랬다. 직접 횡단해 보지 않았다면, 내가 러시아에 대해 가졌던 많은 허황된 편견들이 아직도 그대로 남아 있었을 것이다. 실증은 편견을 깨는 데 필수적인 행위다.

어떤 여행지든 여행자에게 그곳은, 여행자가 다닌 만큼 새롭게 다시 생성된다. 나는 열차를 타고 시베리아를 횡단하기도 했지만, 도시에 내려서는 걷고 또 걷는 식으로 도시들 또한 횡단했다. 그렇게 해서 나는 다른 누군가가 보여 주고 들려준 러시아가 아니라, 나만의 또 다른 새로운 러시아를 만들어 갖고 싶었다.

혼자 걷고 걷는 어느 날의 마음과 함께

『러시아의 시민들』은 백민석 소설가가 러시아에 대한
자신의 오랜 편견과 오해를 걷어 내기 위해 써내려 간
러시아 횡단 여행기이다. 여행자와 관광객 사이 어디쯤에
느슨하게 머물면서 그는 무언가 볼 것이 있을 때까지 걷고
또 걷는다. 성당과 공원과 광장과 이름 모를 강변과 그
강변을 따라 늘어선 언덕과 둔덕을 하염없이 걷고 걷다가
기대한 줄도 모른 채로 기대했던 장면들이 나타날 때마다
그는 직관적으로 카메라 셔터를 누른다. 그렇게 포착한
러시아의 시민들은 낯선 이국인에게 더할 수 없이 친절하며
도스토옙스키의 소설 속 인물들처럼 물질보다는 영혼의
영역에 가까워 보인다. 나는 혼자 떠난 여행이기에 오직
자신의 마음과만 함께하는 한 여행자의 얼굴을 떠올린다.
그리고 그가 의식과 무의식을 다해 선별해 보여 주는
장면들로 인해 덧이어 상상해 볼 수 있는 어떤 보이지 않는
장소 속을 걷고 있는 또 다른 누군가를 바라본다. 그렇게
극지에서 만나게 될 극한의 아름다움을 기대하면서
시베리아로 떠났던 10년 전의 나를 바라본다. 여행은커녕
도착한 지 며칠 되지도 않아 낙상을 당해서 시베리아의
병원에만 머무르다 돌아와야 했던 여행. 그리고 오늘

여기로 다시 돌아와서. 나는 그의 시베리아 횡단 사진들
속에서 오래전 내가 그곳에서 찍어 왔던 사진과 꼭 닮은
사진 한 장을 발견한다. 각자 다른 시간 속을 여행한 사람이
똑같은 장면을 목격했는지도 모른다고 느끼는 이상한 마법.
그것은 혼자 떠난 여행이기에 가능한. 자신의 마음을
들여다봄으로써 인간 저 너머의 심연을 들여다보게 되는
여행이기에 가능한 일일 것이다. 이제 이 산문집 덕분에
나는 내가 보았던 인물과 풍경에 더해 어떤 아름다운
여백을 간직하게 되었다. 피로하고도 충만한 얼굴로 혼자
걷고 걷는 어느 날의 마음과 함께. 또 다른 시공간의 겹과
겹을 덧입은 채로. 그리하여 이후의 시베리아를 걷게
된다고 생각하면 벌써부터 쓸쓸하면서 이미 기쁘게
차오르는 마음이 된다.

2020년 겨울
시인 이제니

여행은 공간으로 시작해 사람으로 완성되는 것

내게 유럽은 오래 벼르던 낭만의 실현과도 같았다. 평소
먹지도 않던 바게트를 몽마르트르 언덕에서 뜯어 먹으며
〈역시 바게트는 몽마르트르지!〉 해도 감성적 사대주의를
대충 끼워 넣어 그 모순을 용서할 수 있는 곳이었다는
이야기다. 하지만 가장 가까운 유럽 〈러시아〉는 웬일인지
나의 여행지 리스트에서 늘 철저하게 배제당하던 나라다.
오래전 한 선생님이 우리 학생들에게 이런 이야기를 들려준
적이 있었다. 중국에 가면 공안들이 관광객을 불시에
잡아가고, 러시아에 가면 거리에서 마피아들이 무작정 총을
갈긴다는 것이었다. 당시 우리는 〈아니, 이 무슨, 때아닌
반공 교육인가〉라고 생각할 능력이 없었다. 아니, 되려 그럴
듯하다고 생각하는 편이었다. 인간의 본능적 편 가르기
습성에 초등 교육이 더해져, 우리는 21세기 언저리에서도
〈타도 공산당〉을 외치게 된 것이다. 훗날 카뮈를 읽으며
마땅히 프랑스를 연상하던 것과는 달리, 도스토옙스키를
읽으면서도 끝내 러시아를 꿈꾸지는 않았던 이유도 아마
그렇게 흡수된, 뜻하지 않은 편견 때문이었는지도 모른다.
그리고 그 편견이 사실 불편한 것도 아니었다. 그저
생각하지 않으면 될 일이었을 뿐.

『러시아의 시민들』은 그 색안경에 조금씩 금을 낸다.
적극적으로 드러내기보다는 차분히 그들의 일상을
들여다보면서, 이 나라에 대해 가졌던 희뿌연 이미지를
초록의 이미지로 조금씩 옮겨 온다. 작가의 카메라에 담긴
피사체는 스탈린의 철권이 아닌 흡사 푸시킨의 시에 가까워
보인다. 말 그대로 〈삶이 그대를 속일지라도 슬퍼하거나
노여워하지 않〉는 것처럼 보이는 그들의 미소가, 진정한
유럽의 낭만은 어쩌면 이 나라에 있을지도 모르겠다는 또
다른 색안경을 끼게 만들기도 한다. 이 책의 다른 독자들도
여행지 리스트에 이 나라를 슬쩍 올려놓고 거리에서 마주칠
수많은 미소를 꿈꾸지 않을까 싶다.
우연한 인연들과의 찰나가 고스란히 의미가 되고 추억이
되는 모든 순간들. 작가는 그 순간들을 예민하고 소중하게
빚어 나가는 것처럼 보인다. 그런 그의 문장들이 마치
〈여행은 공간으로 시작해 사람으로 완성되는 것〉이라는 내
생각에 큰 동의를 보내 주는 것만 같다. 그리고 언젠가
러시아의 어느 닫힌 문을 흔들어 열고, 그곳에 이 책의
의미를 귀중히 두고 오는 것으로 나 또한 그의 생각에 동의를
표하고 싶다. 그렇게 감사의 인사를 전할 그날을 기약한다.

2020년 겨울
배우 박정민

주

1 대니얼 J. 부어스틴, 『이미지와 환상』, 정대철 옮김(파주: 사계절, 2004), 130면.

2 롤랑 바르트, 『현대의 신화』, 이화여자대학교 기호학연구소 옮김(서울: 동문선, 1997), 182면.

3 대니얼 J. 부어스틴, 앞의 책, 168면.

4 표도르 도스또예프스끼, 『죄와 벌』 하, 홍대화 옮김(파주: 열린책들, 2009), 482면.

5 스베틀라나 알렉시예비치, 『세컨드핸드 타임 - 호모 소비에티쿠스의 최후』, 김하은 옮김(서울: 이야기가 있는 집, 2016), 249면.

6 알렉세이 유르착, 『모든 것은 영원했다, 사라지기 전까지는 - 소비에트의 마지막 세대』, 김수환 옮김(서울: 문학과지성사, 2019), 344면.

7 앞의 책, 335면.

8 앞의 책, 360~361면.

9 앞의 책, 365면.

10 앞의 책, 251면.

11 앞의 책, 537면.

12 앞의 책, 439면.

13 표도르 도스또예프스끼, 앞의 책, 632면.

14 알렉세이 유르착, 앞의 책, 180면.

15 알렉세이 유르착, 앞의 책, 142면.

16 알렉세이 유르착, 앞의 책, 170면.

17 존 풀츠, 『사진에 나타난 몸』, 박주석 옮김(파주: 예경, 2000), 121~122면.

18 대니얼 J. 부어스틴, 앞의 책, 154면.

19 표도르 도스또예프스키, 『까라마조프 씨네 형제들』 하, 이대우 옮김(파주: 열린책들, 2000), 1021면.

20 표도르 도스또예프스키, 『까라마조프 씨네 형제들』 상, 이대우 옮김(파주: 열린책들, 2000), 409면.

21 니코스 카잔차키스, 『러시아 기행』, 오숙은 옮김(파주: 열린책들, 2008), 17~18면.

22 알렉세이 유르착, 앞의 책, 265면.

23 니코스 카잔차키스, 앞의 책, 168면.

24 표도르 도스또예프스끼, 『죄와 벌』 하, 홍대화 옮김(파주: 열린책들, 2009),
    688면.

25 알렉세이 유르착, 앞의 책, 111면.

26 백민석, 『16 믿거나말거나박물지 ─ 음악인 협동조합 1 2 3 4』(서울:
    문학과지성사, 1997), 266면.

27 스베틀라나 알렉시예비치, 앞의 책, 9~10면.

28 일리야 레핀, I.A.브로드스키, 『일리야 레핀 ─ 천 개의 얼굴 천 개의 영혼』,
    이현숙 옮김(서울: 써네스트, 2008), 64면, 재인용.

29 일리야 레핀, I.A.브로드스키, 앞의 책, 75면.

30 네이버 국어사전.

31 니코스 카잔차키스, 앞의 책, 47면.

32 스베틀라나 알렉시예비치, 앞의 책, 224면.

33 스베틀라나 알렉시예비치, 앞의 책, 39면.

34 니코스 카잔차키스, 앞의 책, 41면.

35 앤디 워홀, 『앤디 워홀의 철학』, 김정신 옮김(파주: 미메시스, 2007), 134면.

36 네이버 국어사전.

러시아의 시민들

발행일   2020년 12월 10일 초판 1쇄

지은이   백민석
발행인   홍지웅·홍예빈
발행처   주식회사 열린책들

경기도 파주시 문발로 253 파주출판도시
전화 031-955-4000 팩스 031-955-4004
www.openbooks.co.kr

이 도서의 국립중앙도서관 출판예정도서목록(CIP)은 서지정보유통지원시스템 홈페이지(http://seoji.nl.go.kr)와
국가자료공동목록시스템(http://www.nl.go.kr/kolisnet)에서 이용하실 수 있습니다.(CIP제어번호:CIP2020036698)